中国学馆【双色版】

楚辞经典

[汉]刘向◎集录　冯慧娟◎编

辽宁美术出版社

图书在版编目（CIP）数据

楚辞经典 /（汉）刘向集录 ; 冯慧娟编 . -- 沈阳：
辽宁美术出版社 , 2017.9（2019.6 重印）

（众阅国学馆）

ISBN 978-7-5314-7746-4

Ⅰ . ①楚… Ⅱ . ①刘… ②冯… Ⅲ . ①古典诗歌—诗
集—中国—战国时代 Ⅳ . ① I222.3

中国版本图书馆 CIP 数据核字 (2017) 第 234197 号

出 版 社：辽宁美术出版社
地　　址：沈阳市和平区民族北街 29 号　邮编：110001
发 行 者：辽宁美术出版社
印 刷 者：三河市燕春印务有限公司
开　　本：787mm×1092mm　1/32
印　　张：5
字　　数：94 千字
出版时间：2017 年 9 月第 1 版
印刷时间：2019 年 6 月第 2 次印刷
责任编辑：彭伟哲
装帧设计：彭伟哲
责任校对：郝　刚
ISBN 978-7-5314-7746-4

定　　价：25.00 元

邮购部电话：024-83833008
E-mail：lnmscbs@163.com
http : //www.lnmscbs.cn
图书如有印装质量问题请与出版部联系调换
出版部电话：024-23835227

前言

　　楚辞又称"楚词"，是指战国时期的伟大诗人屈原在楚地歌谣的基础上，所创作出的一种新诗体。楚辞作品多采用楚地方言，描述楚地的历史文化、风土人情等，极具地方特色。楚辞句式活泼，节奏韵律独具特色，适合表达丰富的思想感情。屈原所作的《离骚》是《楚辞》中极具代表性的作品，因此，楚辞又被称为"骚"或"骚体"。

　　《楚辞》是我国第一部浪漫主义诗歌总集，为西汉刘向所辑录。刘向将屈原的作品，和宋玉、贾谊等人"承袭屈赋"所作的一些拟骚作品，以及自己拟作的《九叹》辑成一集，题名为《楚辞》。东汉时王逸为《楚辞》作注，并将自己拟作的《九思》一并收录其中，于是便形成了我们今天所看到的《楚辞》文本的通行篇目。

　　本书在内容上，以学界通行的中华书局点校汲古阁刊本《楚辞补注》作为底本，选取最具代表性的《离骚》《九歌》等楚辞精华；在体例上，最大限度地保持了楚辞诗歌原有的风采；在形式上，采用原文与译文对照的方式，便于读者对文言原文的理解。译文方面，本书力求直译，不妄加改动、随意增减，保持语言生动畅达，便于读者更清晰地理解诗作的本意。

目录

楚辞经典

目录

离骚

【释题】

　　《离骚》是屈原的代表作，也是我国古代最长的一首抒情诗，内容极其丰富。它结合诗人大半生经历，抒发复杂沉痛的感情，展开了楚国政治状况和政治斗争的广阔画面，表现了对崇高理想和道德情操的热烈追求，反映出作者热爱楚国的一片赤子之心。作品运用美人香草的比喻，大量的神话传说和丰富的想象，形成绚丽的文采和宏伟的结构，表现出积极的浪漫主义精神，对后世文学有深远影响。

　　关于《离骚》篇名的含义，历来解说不同，但以为篇中寓有忧愁之意，表明作者"发愤以抒情"的用心，各家的意见则是一致的。

帝高阳之苗裔兮，朕皇考曰伯庸。摄提贞于孟陬兮，惟庚寅吾以降。皇览揆余初度兮，肇锡余以嘉名。名余曰正则兮，字余曰灵均。纷吾既有此内美兮，又重之以修能。扈江离与辟芷兮，纫秋兰以为佩。汩余若将不及兮，恐年岁之不吾与。朝搴阰之木兰兮，夕揽洲之宿莽。日月忽其不淹兮，春与秋其代序。惟草木之零落兮，恐美人之迟暮。不抚壮而弃秽兮，何不改乎此度？乘骐骥以驰骋兮，来吾道夫先路。

炎帝啊，我是你的远代子孙，伯庸是我先祖的光辉大名。岁星在寅的那一年的正月庚寅，我从天上翩然降临。尊敬的先祖啊，仔细揣度我刚刚下凡的时辰和啼声，通过占卜赐给了我相应的美名。给我取的大名叫正则啊，给我取的别号叫灵均。上天既赋予我这么多内在的美质啊，又加给我注意修养自己的品性。我披戴着喷吐幽香的江离和白芷啊，又连缀起秋兰作为自己的佩巾。光阴似箭，我唯恐抓不住这飞逝的时光，让岁月来塑造我美好的心灵。清晨，我浴着晨曦去拔取坡上的木兰，傍晚，我背着夕阳在洲畔采摘宿莽来润德润身。太阳与月亮互相交迭，从未稍停，新春与金秋相互交替，永无止境。想到树上黄叶纷纷飘零，我害怕美人啊，您头上也添上丝丝霜鬓。为什么，为什么你不任用风华正茂的贤者，废弃乌七八糟的小人？为什么，为什么你不改变已经过时的法度？驾着龙马，飞快地向前猛奔！来！我给你充当向导，沿着康庄大道走向幸福与光明。

【原文】

　　昔三后之纯粹兮，固众芳之所在。杂申椒与菌桂兮，岂惟纫夫蕙茝？彼尧舜之耿介兮，既遵道而得路。何桀纣之猖披兮，夫唯捷径以窘步。惟夫党人之偷乐兮，路幽昧以险隘。岂余身之惮殃兮，恐皇舆之败绩。忽奔走以先后兮，及前王之踵武。荃不察余之中情兮，反信谗而齌怒。余固知謇謇之为患兮，忍而不能舍也。指九天以为正兮，夫唯灵修之故也。曰黄昏以为斯兮，羌中道而改路。初既与余成言兮，后悔遁而有他。余既不难夫离别兮，伤灵修之数化。

【译文】

　　古时候曾有三位君王的德行完美无缺，因此许多贤臣都汇集在他们身边。木本的申椒、菌桂也多有插戴，不仅把香茝和蕙草纫成环佩。想唐尧和虞舜真是伟大光明，他们遵循治理国家的正确方法而使国家走上坦途。而夏桀和殷纣怎那样的糊涂，总爱贪走捷径反而因此走投无路。有一些糊涂的人会苟且偷安，他们的道路昏暗而又狭隘。我并不怕自身会遭殃，只怕君王的乘舆被破坏。我匆匆地前后奔走效力，想要追赶上先王们的步伐。你不但不肯鉴察我的愚诚，反而听信谗

帝尧

言恼怒我。我诚然知道耿直不能讨好你，却忍受着痛苦不肯抛弃。我要请九重的上天做我的证人，我悃忱地忠于君王并无他意。在当初呵，你既已经和我约定，又为何反悔改变了心肠。我与你分离并不感觉怎么难过，只叹息你呵太没主张。

【原文】

余既滋兰之九畹兮，又树蕙之百亩。畦留夷与揭车兮，杂杜衡与芳芷。冀枝叶之峻茂兮，愿竢时乎吾将刈。虽萎绝其亦何伤兮，哀众芳之芜秽。众皆竞进以贪婪兮，凭不厌乎求索。羌内恕己以量人兮，各兴心而嫉妒。忽驰骛以追逐兮，非余心之所急。老冉冉其将至兮，恐修名之不立。

【译文】

我曾经栽植了大片的春兰，又种下了百来亩秋蕙。我还分块种植了芍药与揭车，将马蹄香与白芷套种其间。我真希望它们能够绿叶成荫、枝干参天，到时候就可以收获藏敛。即使花儿谢了又有什么悲伤，最痛心的是众多的香草已经发生了质变。那些党人争着贪利夺权，不知疲倦地追逐着功名利禄。他们都猜忌着别人而原谅自己，彼此间勾心斗角，相互嫉妒。像他们那样竭尽全力去争权夺利，实在不是我内心所要追求的东西。我觉

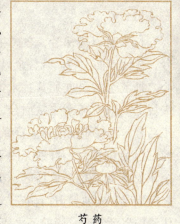

芍药

得自己将要渐渐变老，只担心美好的名声来不及树立。

【原文】

　　朝饮木兰之坠露兮，夕餐秋菊之落英。苟余情其信姱以练要兮，长顑颔亦何伤。擥木根以结茝兮，贯薜荔之落蕊。矫菌桂以纫蕙兮，索胡绳之纚纚。謇吾法夫前修兮，非世俗之所服。虽不周于今之人兮，愿依彭咸之遗则。

【译文】

　　清晨，我吮吸着木兰花上的坠露，傍晚，我餐食着菊花瓣上的蓓蕾。只要内心是真正的美好而又精纯，就是长久的面黄肌瘦又有何可悲。我用木兰的根须把白芷拴上，再穿上带着露珠的薜荔。我用菌桂的嫩枝连缀起蕙草，再绞起胡绳的一串串花蕊。我是如此虔诚地效法古代的圣贤，绝非一般世俗之徒的穿戴。我不能和今人志同道合，却心甘情愿沐浴彭咸的遗辉。

【原文】

　　长太息以掩涕兮，哀民生之多艰。余虽好修姱以鞿羁兮，謇朝谇而夕替。既替余以蕙纕兮，又申之以揽茝。亦余心之所善兮，虽九死其犹未悔。怨灵修之浩荡兮，终不察夫民心。众女嫉余之蛾眉兮，谣诼谓余以善淫。固时俗之工巧兮，偭规矩而改错。背绳墨以追曲兮，竞周容以为度。忳郁邑余侘傺兮，吾独穷困乎此时也。宁溘死以流亡兮，余不忍为此态也。鸷鸟之不群兮，自前世而固然。何方圜之能周兮，夫孰异道而相安？屈心而抑志兮，忍尤而攘诟。伏清白以死直兮，固前圣之所厚。

长太息以掩涕兮

悔相道之不察兮，延伫乎吾将反。回朕车以复路兮，及行迷之未远。

我长声叹息而泪流满面，哀人民生活困苦多灾难。爱纯洁爱美好对己甚严，早上去劝君王晚上被贬。既罚我用香蕙做了佩带，又因我采芳草对我责怪。似这样好品德在我心扉，哪怕是死九次也不后悔。怨那神圣君王实在荒唐，他始终不能把民情体谅。众女人嫉妒我长眉漂亮，诽谤我作风坏品行淫荡。这世人本善于投机取巧，违背规矩法度只知讨好。抛弃原则只求歪斜曲弯，竞相把讨好人作为法典。我忧闷我失意我心烦躁，我独在这世上处境艰难。我愿突然死去如水流散，也不愿装这种世俗嘴脸。雄鹰与凡鸟本不能同群，这自古代到如今都一样。用方枘对圆凿哪能配套，哪里有道不同而相要好？只能承受委曲压抑意志，暂且背负罪过忍受羞耻。能保持清白身献身正道，本来是古圣贤大力号召。

我后悔选道路没有看清，久久地伫立路旁想返回。将车掉头想沿原路返回，虽然已迷路但还不算远。

步余马于兰皋兮，驰椒丘且焉止息。进不入以离尤兮，退将复修吾初服。制芰荷以为衣兮，集芙蓉以为裳。不吾知其亦已兮，苟余情其信芳。高余冠之岌岌兮，长余佩之陆离。芳与泽其杂糅兮，唯昭质其犹未亏。忽反顾以游目兮，将往观乎四荒。佩缤纷其繁饰兮，芳菲菲其弥章。民生各有所乐兮，余独好修以为常。虽体解吾犹未变兮，岂余心之可惩？

我牵着马走在长满
兰草的水滨，奔向高高
耸立的山脊，到那儿去
留停。我不但进言不被
采纳反而获罪，倒不如
退居草野，把我的旧服
重整。我裁剪碧绿的荷
叶缝成上衣啊，又将洁
白的莲花缀成下裙。没
人理解我，就让他去大

集芙蓉以为裳

放厥词吧，只要我内心是真正的馥郁芳芬。我把头上的帽
子加得高而又高啊，把耀眼的佩带向下拉得紧而又紧。芬
芳与污垢已经混杂在一起，唯独我这美好的本质未曾蒙受
丝毫污损。急匆匆地回过头来纵目远望，我要往东南西北
观光巡行。我的佩饰如花团般五彩缤纷，喷吐出一阵阵令
人心醉的幽香清芬。人们有各自的追求与喜好，我却独独
爱好修洁，持之永恒。就算把我肢解了我也毫不后悔，难
道我的心志可以因此而改变毫分？

【原文】

女嬃之婵媛兮，申申其詈予。曰鲧婞直以亡身兮，终
然殀乎羽之野。汝何博謇而好修兮，纷独有此姱节？薋菉
葹以盈室兮，判独离而不服。众不可户说兮，孰云察余之
中情？世并举而好朋兮，夫何茕独而不予听。依前圣以节

中兮，喟凭心而历兹。济沅湘以南征兮，就重华而陈词。

　　我的女嬃殷勤地关心我，委婉而又不厌其烦地劝诫我。她说鲧过于耿直而不顾性命，最终死在羽山下。你为什么总是孤傲而又高洁，而且还有很多美好的节操？薜荔、王刍和枲耳正当时节，你却与众不同地要说它们不香。你不能挨家挨户地去诉说自己的节操，有谁人能够了解我们的内心？天地间世人都爱成群结伙呀，你却总孤零零地不听我劝告。我依据着先圣的理法节制性情，有了这样的遭遇不禁悲愤填膺。渡过了沅水和湘水我走向南方，去向着重华倾诉我的衷肠。

　　启《九辩》与《九歌》兮，夏康娱以自纵。不顾难以图后兮，五子用失乎家巷。羿淫游以佚畋兮，又好射夫封狐。固乱流其鲜终兮，浞又贪夫厥家。浇身被服强圉兮，纵欲而不忍。日康娱而自忘兮，厥首用夫颠陨。夏桀之常违兮，乃遂焉而逢殃。后辛之菹醢兮，殷宗用而不长。汤禹俨而祗敬兮，周论道而莫差。举贤而授能兮，循绳墨而不颇。皇天无私阿兮，览民德焉错辅。夫维圣哲以茂行兮，苟得用此下土。瞻前而顾后兮，相观民之计极。夫孰非义而可用兮，孰非善而可服。阽余身而危死兮，览余初其犹未悔。不量凿而正枘兮，固前修以菹醢。

　　夏启从天上得到了《九辩》与《九歌》，在艳阳时

楚辞经典

○一○

分他欢乐着，恣意放纵。毫无深远的谋略以做未雨绸缪，他的兄弟五观便和他起了内讧。有穷氏的后羿沉溺于游观好田猎，他所喜欢的是在山野外射杀封狐。本来是放纵之徒该当没有好结果，他的相臣寒浞更占取了他的妻子。

汤禹俨而祗敬

寒浞的儿子寒浇又肆行霸道，放纵着自己的情欲不懂克制。他每日欢乐得忘乎其形，终究失掉了自己的脑袋。夏桀所作所为违背常理，最后遭受了灾祸。纣王辛发明了酷刑，把人剁成肉酱，殷商因而不能长久。大禹肃穆而敬畏神祇，周到地施行仁政且从没有差错。推荐贤能的臣子，遵守法律而没有偏袒。上天不会偏袒任何人，辅助民心所向的人。只有贤德的人，才能拥有天下。回顾历史展望未来，考察治理黎民苍生的道理。谁不是因为忠义而被任用啊，谁不是因为善良而为众人所佩服。我身陷危境而将死，回顾我的初志从来不后悔。不衡量凿孔而选择适合的榫头，这就是先贤被剁成肉酱的缘故。

【原文】

曾歔欷余郁邑兮，哀朕时之不当。揽茹蕙以掩涕兮，沾余襟之浪浪。跪敷衽以陈辞兮，耿吾既得此中正。驷玉虬以乘鷖兮，溘埃风余上征。朝发轫于苍梧兮，夕余至乎县圃。欲少留此灵琐兮，日忽忽其将暮。吾令羲和弭节兮，望崦嵫而勿迫。路曼曼其修远兮，吾将上下而求索。饮余马于咸池兮，总余辔乎扶桑。折若木以拂日兮，聊逍遥以相羊。前望舒使先驱兮，后飞廉使奔属。鸾皇为余先戒兮，雷师告余以未具。吾令凤鸟飞腾兮，继之以日夜。飘风屯其相离兮，帅云霓而来御。纷总总其离合兮，斑陆离其上下。吾令帝阍开关兮，倚阊阖而望予。时暧暧其将罢兮，结幽兰而延伫。世溷浊而不分兮，好蔽美而嫉妒。朝吾将济于白水兮，登阆风而缫马。忽反顾以流涕兮，哀高丘之无女。

【译文】

  我泣不成声啊满心悲伤，哀叹自己生不逢时。拔一把柔软的蕙草揩拭眼泪，眼泪涟涟沾湿了我的衣襟。我跪在铺开的衣襟上倾诉衷肠，中正之道在我心中闪光。凤凰为车，白龙为马，御着那飘忽的长风我飞向天上。清晨，我从那南方的苍梧之野起程，傍晚，我到昆仑山下的悬圃停歇。我本想在灵琐停留片刻，无奈太阳西沉，暮色苍茫。我叫羲和停下太阳神车，不要急急地驰向崦嵫山畔。前面的路程遥远而又漫长，我要上天下地到处去寻觅心中的太阳。我让龙马在咸池畅饮琼浆，我把马

兰草

缰拴在扶桑树上。折几枝若木去拂拭日边的阴翳，我暂且在这里休息徘徊。我派月神在前面充当向导，让风神在后面紧紧跟上。鸾鸟与凤凰为我在前面警戒开道，雷师却说还没有安排停当。我命令凤鸟展翅飞翔啊，夜以继日地向九天翱翔。旋风啊积聚着力量，率领着云霓向我迎上。云霓越聚越多啊忽离忽合，五光十色上下左右飘浮荡漾。我叫守卫把天门打开，他却倚靠着天门冲我望望。这时候天色已经昏暗，我扭结着幽兰久久地在那里盘桓。这世道一片浑浊，总爱嫉妒他人之才，掩盖他人之长。待到天明时我又要渡过白水，登上那阆风山顶系我的玉虬。我忽然又回转头去流起泪来，可怜这天国中也无美人可求。

【原文】

溘吾游此春宫兮，折琼枝以继佩。及荣华之未落兮，相下女之可诒。吾令丰隆乘云兮，求宓妃之所在。解佩纕以结言兮，吾令謇修以为理。纷总总其离合兮，忽纬繣其难迁。夕归次于穷石兮，朝濯发乎洧盘。保厥美以骄傲兮，日康娱以淫游。虽信美而无礼兮，来违弃而改求。览相观于四极兮，周流乎天余乃下。

【译文】

我飘忽地来到了这天国的门前，攀折了琼枝来补充我的佩饰。趁着这琼枝上的瑶花还未飘零，我要到下方将其送给可爱的香闺。云师丰隆，我叫他驾着云彩，为我去找寻宓妃的住处。我把兰佩解下来托付给謇修，拜托他代表我去向她求爱。她开始总是含糊地欲允不允，忽而间又反悔了全不肯赞成。她晚上回家后在穷石过夜，她清早梳头时在洧盘堆云。她只图保持着美貌不肯谦恭，整天都欢乐着在外面遨游。面貌纵然是美好而缺乏礼教，我要丢掉她，慎重地再作别求。我在天空中观遍了四极八荒，然后又回到了这下界。

　　望瑶台之偃蹇兮，见有娀之佚女。吾令鸩为媒兮，鸩告余以不好。雄鸩之鸣逝兮，余犹恶其佻巧。心犹豫而狐疑兮，欲自适而不可。凤皇既受诒兮，恐高辛之先我。欲远集而无所止兮，聊浮游以逍遥。及少康之未家兮，留有虞之二姚。理弱而媒拙兮，恐导言之不固。世溷浊而嫉贤兮，好蔽美而称恶。闺中既以邃远兮，哲王又不寤。怀朕情而不发兮，余焉能忍而与此终古。

鸩告余以不好

楚辞经典

　　我望见了有娀氏的佳人简狄，她居住在那一座巍峨的瑶台。我吩咐鸩鸟，叫她去给我做媒，鸩鸟告诉我说道，她去可不对。本来雄的斑鸠是善于诉苦的，但我又嫌恶他实在有点儿多嘴。我心里踌躇着而又狐疑呀，我想要自己去也觉得不妥。玄鸟凤凰已把礼物送给她，我怕高辛氏早已快过了我。想往远方去但又无可投靠，只好暂且流浪着四处逍遥。趁少康还没有结婚的时节，还留下有虞氏的两位阿姚。但提亲的既不行而媒人又笨，我恐怕这次的求婚也是不稳。人世间是混浊而嫉妒贤能呀，总喜欢隐人善处而扬人恶声。佳丽的香闺既深邃又难于觇觎，你聪明的君王又始终不肯醒悟。我一肚子的衷肠真无处可诉呀，我哪能够忍耐得就这样地死去。

　　索藑茅以筵篿兮，命灵氛为余占之。曰两美其必合兮，孰信修而慕之？思九州之博大兮，岂唯是其有女？曰勉远逝而无狐疑兮，孰求美而释女？何所独无芳草兮，尔何怀乎故宇？世幽昧以眩曜兮，孰云察余之善恶。民好恶其不同兮，惟此党人其独异。户服艾以盈要兮，谓幽兰其不可佩。览察草木其犹未得兮，岂珵美之能当？苏粪壤以充帏兮，谓申椒其不芳。欲从灵氛之吉占兮，心犹豫而狐疑。

　　我将灵草与竹枝取来占卜，请灵氛为我解释疑团。他说："郎才女貌一定会结成眷属，哪有真正的美人没人喜欢？你想想九州是这样辽阔广大，难道只有这里才有云鬓玉颜？快远走高飞，别迟疑挂牵，哪个求美的人会将你丢在一边？这世上哪里没有芳草鲜花，你为什么一定要恋着自己的家园？这儿世道黑暗，人妖颠倒，有谁能辨别出邪恶与良善？人们的好恶本来就各不相同，只是那些党人总是与世人相反。他们户户都将恶草系满腰间，反而说幽香的兰草不可佩在身边。香花恶草他们都不会鉴别，那美玉他们又怎能正确评判？他们将污土填满自己的佩囊，反而说大花椒并不香艳。"我想听从灵氛的卦辞，可心里却犹豫而狐疑。

【原文】

　　巫咸将夕降之，怀椒糈而要之。百神翳其备降兮，九疑缤其并迎。皇剡剡其扬灵兮，告余以吉故。曰勉升降以上下兮，求矩矱之所同。汤禹严而求合兮，挚咎繇而能调。苟中情其好修兮，又何必用夫行媒。说操筑于傅岩兮，武丁用而不疑。吕望之鼓刀兮，遭周文而得举。宁戚之讴歌兮，齐桓闻以该辅。

【译文】

　　今晚巫咸将要从天而降，我怀着花椒祭米去求伊。啊！天上诸神遮天蔽日齐降，九嶷山上的众神纷纷前来迎之。他们灵光闪闪地显示着神异，那巫咸又告诉我将要大吉大利。他说："你应该努力上下求索，

商汤

按照原则去选择意气相投的人士。夏禹商汤都严正地选拔贤才，皋陶和伊尹因此能做他们的辅弼。只要你真正爱好修洁，又何必到处去求人托媒。传说曾经在傅岩做过泥木工，武丁重用他而不生疑。姜太公在朝歌操过屠刀，遇上周文王就大展才气。宁戚放牛时引吭高歌，齐桓公听后把他看作国家的柱石。

【原文】

及年岁之未晏兮，时亦犹其未央。恐鹈鴂之先鸣兮，使夫百草为之不芳。何琼佩之偃蹇兮，众薆然而蔽之。惟此党人之不谅兮，恐嫉妒而折之。时缤纷其变易兮，又何可以淹留。兰芷变而不芳兮，荃蕙化而为茅。何昔日之草兮，今直为此萧艾也。岂其有他故兮，莫好修之害也。余以兰为可恃兮，羌无实而容长。委厥美以从俗兮，苟得列乎众芳。椒专佞以慢慆兮，樧又欲充夫佩帏。既干进而务入兮，又何芳之能祗。

【译文】

"趁你年轻还未衰老，施展才华还有大好的时机。当心那伯劳鸟叫得太早，使得百草从此失去了芳香。"为什么我的玉佩如此美艳，人们却要故意将它的光辉

蒿艾

楚辞经典

遮掩？这些小人真是不能信赖，担心他们会出于嫉妒而将玉佩折断！时世纷乱而且变化无常啊，我怎能在这里久久流连。兰与芷都消尽了芬芳，荃与蕙都化为了草蔓。为什么过去那些香草，今日竟变成了莔艾而不新鲜？难道会有别的原因可找？都只怪他们自己没有勤加锻炼。我本以为幽兰可以依靠，谁知其也只是虚有芳颜。抛弃了自己的美质而随俗浮沉，苟且地列入这众芳之列！花椒谄上傲下自有一套，茱萸也想钻进香囊里面。他们既然只会拼命地钻营，又怎能望它们保持美质不变？

【原文】

固时俗之流从兮，又孰能无变化！览椒兰其若兹兮，又况揭车与江离。惟兹佩之可贵兮，委厥美而历兹。芳菲菲而难亏兮，芬至今犹未沫。和调度以自娱兮，聊浮游而求女。及余饰之方壮兮，周流观乎上下。灵氛既告余以吉占兮，历吉日乎吾将行。折琼枝以为羞兮，精琼爢以为粻。为余驾飞龙兮，杂瑶象以为车。何离心之可同兮，吾将远逝以自疏。

【译文】

这些世俗之徒本就趋炎附势，又有谁能在这恶劣的氛围中不受污染！香椒和兰草已经完全腐臭，更何况那揭车与江离都已改观！只有我这玉佩最为可贵，人们抛弃了它的美质而它却坚定自己的冰清玉洁。它馥郁勃盛，清香四溢，直到如今还未曾有丝毫变换。保持着谦和的态度、欢愉的心态，我姑且再四处神游去寻找理想的女伴。趁着这佩饰还闪耀着璀璨的光辉，我要去天地四方再一一观看。

灵氛已把吉祥的占辞告诉给我，选定了好的期日我要走向远方。折来琼树的嫩枝呵做我的路菜，磨来美玉的细屑呵做我的干粮。为我驾上神速的八尺高的龙马，以琼瑶和象齿装饰着我的乘舆。离心离德的人们哪有方法同流，我要漂泊到远方去离群而居。

【原文】

遭吾道夫昆仑兮，路修远以周流。扬云霓之晻蔼兮，鸣玉鸾之啾啾。朝发轫于天津兮，夕余至乎西极。凤皇翼其承旂兮，高翱翔之翼翼。忽吾行此流沙兮，遵赤水而容与。麾蛟龙使梁津兮，诏西皇使涉予。路修远以多艰兮，腾众车使径侍。路不周以左转兮，指西海以为期。屯余车其千乘兮，齐玉轪而并驰。驾八龙之婉婉兮，载云旗之委蛇。抑志而弭节兮，神高驰之邈邈。

【译文】

我暂且把我的路径转向昆仑，离别了故乡去做天涯的羁旅。高标着云霓的旗帜映日生辉，摇动着玉制的鸾铃发出清鸣。我清早从天汉的渡口起身，晚间便到达了西方的边界。凤凰飞来纷纷绕环我的旌旗，高高地翱翔着而威仪翼翼。忽然间我走到了西极的流沙，沿着这赤水河边我纤徐徙倚。我麾使着蛟龙为我架道修桥，招呼着白帝快把我渡过河去。道路既漫长而又崎岖，我只好叫从车们路旁等候。路绕着不周山再向左转，不走到西海边我决不回来。我的车聚集在一起有一千多乘，玉制的轮子并辔而驰。各驾着八匹骏马飞驰如龙，载着有云彩的旗帜随风行进。我自己按抑着壮志弭辔徐行，让超然的精神在清虚中驰骋。

【原文】

奏《九歌》而舞《韶》兮,聊假日以媮乐。陟升皇之赫
戏兮,忽临睨夫旧乡。仆夫悲余马怀兮,蜷局顾而不行。

乱曰:已矣哉,国无人莫我知兮,又何怀乎故都?既
莫足与为美政兮,吾将从彭咸之所居。

【译文】

演奏着夏启的《九歌》,舞着《九韶》,暂时借着辰
光以尽余兴。在皇天的光耀中升腾着的时候,忽然间又看
见了下界的故丘。我的御者生悲,马也开始恋栈,只是低
头回顾,不肯再往前走。

尾声:算了吧,国家当中没有人,没有人理解我,我
又何必一定要思念着乡关?理想的政治既没有人可以协
商,我要是死了就去依就殷代的彭咸。

【简析】

《离骚》是屈原作品中最长、最有代表性的一篇。作
品中运用了大量神话传说和奇妙的比喻,想象丰富,文采绚
烂,是古代浪漫主义诗歌的典范。

《离骚》开篇前两段写出了作者家世的显赫——"帝高
阳之苗裔"。而他本人也气宇轩昂,才华横溢——"扈江离
与辟芷,纫秋兰以为佩"。按理说,作为楚国贵族,又才压
群贤,他应该"孤高傲世",起码也可以碌碌享之。但他没
有,他发出"恐年岁之不吾与"的心声,这就表明了其心路
历程:"路漫漫其修远兮,吾将上下而求索"。这也是他为
了国家兴盛矢志不渝的精神源泉。而"来吾道夫先路"一句
更是掷地有声,表明了他以身铺路,忠君爱国的思想。虽然

楚怀王那个昏君不值得他如此相待，我们也替他鸣不平，但屈原这种精神是值得世人学习的。

三段运用古今情况对比，说明楚君主亲小人远贤臣，以致国家的未来隐约可见——"路幽昧以险隘"。而他一片忠诚，一腔热血，奔走先后，指天为证。一系列君臣之态对比，烘托出两个大相径庭的形象。君主"不察余之中情，反信谗而齌怒"，"黄昏以为期，羌中道而改路"。由此，我们不难看出，面对这样一个颠倒黑白、冥顽不灵的君主，屈原是如何的忧心忡忡又悲愤交加。

从第十段开始一直到篇末都是脱离现实的想象，从天上到地上，人物繁多，意象纷呈。一方面表现自己美好而热烈的理想追求，一方面也是被现实沉重打击，被流放而心有不甘的痛苦。由此可见，屈原的浪漫主义也有为现实所迫的因素，借幻想以求某种慰藉。

与此同时，他的"长太息以掩泪涕，哀民生之多艰"又有现实主义意向，让人禁不住心中一恸。"余心之所善，虽九死犹未悔""何方圆之能周""伏清白以死直"，等等，又表现其不随波逐流，不屈于现实黑暗的志向和节操。一句"鸷鸟不群"更是孤标傲世，既表明自己清白之志向又蔑视了无耻小人。"苟不直，毋宁死"，何等的情操！

《离骚》中除了丰富的想象，另一大特色是大量运用比喻。如"杂申椒与菌桂，岂维纫夫蕙茝"以植物品性作比，直指先帝与今主的治国、用人及结局的不同。"余既滋兰之九畹……哀众芳之无秽"，以花草为喻，将君子之节与小人之面刻画得鲜明深刻，又使文字不流于俗套。再如"朝饮木兰之坠露，夕餐秋菊之落英"，全然一派洒脱之情。"饮露餐英"，如此清苦却仍不改直节不改坚贞，这不由得令人感叹：好一把清瘦骨头！但现实的羁绊，对国家兴亡的系念又让他无法真正超脱。他以马自喻，借以说明自己为人所牵累，不能贯彻主张——"余虽好修以鞿羁兮，謇朝谇而夕替"。早上进谏，晚上即被废除，这是怎样的愤懑呀！也难怪他以荷为衣裳，"不吾知其亦已，苟余情其信芳"。如此乱世，也只能托物以寄直洁了。

楚辞经典

九歌

【释题】

　　《九歌》是屈原在楚国原来南部地区民间祀神歌曲的基础上，为朝廷举行大规模的祀典所创作的一套祭祀歌舞，使用夏乐旧名，取名《九歌》。由十一首歌曲组成，最后一首《礼魂》是前十首歌曲共用的副歌，其余的每一首都主祀一神。

东皇太一

【原文】

吉日兮辰良，穆将愉兮上皇。抚长剑兮玉珥，璆锵鸣兮琳琅。瑶席兮玉瑱，盍将把兮琼芳。蕙肴蒸兮兰藉，奠桂酒兮椒浆。扬枹兮拊鼓，疏缓节兮安歌，陈竽瑟兮浩倡。灵偃蹇兮姣服，芳菲菲兮满堂。五音纷兮繁会，君欣欣兮乐康。

【译文】

在那吉日和良辰，肃穆斋戒宴乐天神。手握玉柄把持长剑，佩玉琳琅铿锵和鸣。草席之边压了玉瑱，何不在席上摆好琼芳之宴？蕙草裹肉兰叶铺衬，再献上桂酒和椒浆。扬起鼓槌咚咚击鼓，节奏舒缓歌声悠扬，竽瑟弹奏伴以高歌。神巫曼舞身着华服，芳香浓烈充溢大堂。五音和鸣盛会空前，愿东皇快乐而健康。

五音纷兮繁会

【简析】

　　《星经》记载："太一星在天一南半度，天帝神，主十六神。"

　　《庄子·天地篇》云："主之以太一。"成玄英注："太者，广大之名。一以不二为称，言大道旷荡，无不制围，囊括万有，通而为一，故谓之太一也。"王逸注："太一，星名，天之尊神。祠在楚东，以配东帝，故云东皇。"《汉书·郊祀志》曰："天神贵者太一。""皇"是最尊贵的神的通称，"太一"在楚人中是东方最尊贵的天帝之神。

　　东皇太一是天神，是万物的主宰，缺乏明确的具体形象，不能对他做具体描绘。所以本篇写迎神、享神、乐神的设备，皆诚敬香洁与神乐而来享之事，皆从客观方面着墨，而人们的主观情感则寓于其中。

云中君

【原文】

浴兰汤兮沐芳，华采衣兮若英。灵连蜷兮既留，烂昭昭兮未央。蹇将憺兮寿宫，与日月兮齐光。龙驾兮虎服，聊翱游兮周章。灵皇皇兮既降，猋远举兮云中。览冀州兮有余，横四海兮焉穷。思夫君兮太息，极劳心兮忡忡。

【译文】

兰汤洗浴，香水沐发；身穿彩衣，手持杜若之花。灵巫翩翩导引，将云神挽留，云神昭昭闪，现灵在云端。他安然在寿宫享祀，同日月一般灿烂。伟大的云神啊，九龙为您驾车，身穿着帝服，翱翔在空中，游动翩翩。忽而侍从纷纷，从天而降，忽而迅飞冲天，复还云间。俯览冀州，旁观楚地，横行天下，无有穷极。伟大的云神啊，令我思念，频频叹息，劳心烦神，忧虑不已。

【简析】

本篇是一首祭云神的诗歌，云中之神为一男性，号"云中君"，在神话中云神名叫丰隆，又名屏翳。在古人意识中，云不但和雨密不可分，而且云色变化又同吉凶水旱丰荒相联，非常神秘。本篇根据云象的具体特点对云进行了拟人化的描写，使之成为一个光辉灿烂的形象，反映了人们对云神的深厚情感和美好愿望。用笔空灵，神采飞扬，正与云横四海的特点相辉映。

湘君

【原文】

君不行兮夷犹，蹇谁留兮中洲？美要眇兮宜修，沛吾乘兮桂舟。令沅湘兮无波，使江水兮安流！望夫君兮未来，吹参差兮谁思！驾飞龙兮北征，邅吾道兮洞庭。薜荔柏兮蕙绸，荪桡兮兰旌。望涔阳兮极浦，横大江兮扬灵。扬灵兮未极，女婵媛兮为余太息。横流涕兮潺湲，隐思君兮陫侧。桂棹兮兰枻，斫冰兮积雪。采薜荔兮水中，搴芙蓉

湘君

兮木末。心不同兮媒劳，恩不甚兮轻绝。石濑兮浅浅，飞龙兮翩翩。交不忠兮怨长，期不信兮告余以不闲。鼂骋骛

兮江皋，夕弭节兮北渚。鸟次兮屋上，水周兮堂下。捐余
玦兮江中，遗余佩兮醴浦。采芳洲兮杜若，将以遗兮下女。
时不可兮再得，聊逍遥兮容与。

　　你犹豫徘徊脚步留，为谁留恋洲里头？美丽浓妆迎
接你，乘桂木舟在湍流中。我令沅湘息惊涛，又使长江
水缓流！望穿泪眼不见君，排箫吹响把谁求！驾龙舟我
朝北行，转个弯儿到洞庭。薜荔作帘蕙为帐，荪草饰桨兰
为旌。丛目聘怀望涔阳，灵魂精诚渡大江。神往所至你
不来，侍女为我也伤感。涕泪横流收不住，思念湘君痛
断肠。桂木桨，兰木舵，破冰铲雪开航道。采薜荔啊到
水中，摘荷花啊上树梢。两心不合媒徒劳，恩爱不深难
久长！石滩之流浅又浅，飞龙之舟奔向前。爱情不忠怨悠
悠，失约推说没空闲！清晨我驰骋在江岸，傍晚到北州才
停鞭。鸟儿栖宿屋上头，清清水流绕堂前。我把玉块捐江
心，佩玉丢在澧水滨。
香草采集芳洲上，宁愿
赠给穷女子。良辰美景
不再得，姑且漫步解
愁肠！

　　帝舜死于苍梧，
葬于九嶷山。他的两个
妃子——帝尧的女儿
娥皇、女英——闻讯，

舜

〇二九

便去奔丧，两人皆死于湘江。帝舜死后，天帝封其为湘水之神，号湘君，封二妃为湘水女神，号湘夫人。本篇是祭湘君的诗歌，描写了湘夫人思念湘君那种临风企盼，因久候不见湘君依约聚会而产生怨慕神伤的感情。《湘君》是祭祀湘水之神湘君的祭歌。在这篇作品中，作者根据传说，加上自己的生活理想，描绘了湘夫人对湘君的思念之情。

湘夫人

【原文】

帝子降兮北渚，目眇眇兮愁予。嫋嫋兮秋风，洞庭波兮木叶下。白蘋兮骋望，与佳期兮夕张。鸟萃兮蘋中，罾何为兮木上。沅有茝兮醴有兰，思公子兮未敢言。荒忽兮远望，观流水兮潺湲。麋何食兮庭中？蛟何为兮水裔？

【译文】

美丽公主降北州，望眼欲穿愁又愁。秋风阵阵轻吹拂，洞庭落叶波水涌。白蘋之中放眼望，为备约会忙到晚。水鸟为何聚蘋中？渔网为何挂树梢？沅有白芷澧有兰，思念公主未敢言。恍恍惚惚望前方，只见水流潺潺。麋鹿觅食

麋何食兮庭中

为何到庭院？蛟龙遨游如何在浅水滩？

【原文】

朝驰余马兮江皋，夕济兮西澨。闻佳人兮召予，将腾驾兮偕逝。筑室兮水中，葺之兮荷盖。荪壁兮紫坛，匃芳椒兮成堂。桂栋兮兰橑，辛夷楣兮药房。罔薜荔兮为帷，擗蕙櫋兮既张。白玉兮为镇，疏石兰兮为芳。芷葺兮荷屋，缭之兮杜衡。合百草兮实庭，建芳馨兮庑门。九嶷缤兮并迎，灵之来兮如云。捐余袂兮江中，遗余褋兮醴浦。搴汀洲兮杜若，将以遗兮远者。时不可兮骤得，聊逍遥兮容与！

【译文】

清晨驰马江堤上，傍晚摆渡西岸边。喜闻佳人召唤我，我将飞驰去成欢。宫室筑于水中央，用荷叶盖在房顶上。用荪草饰壁紫贝铺院，播撒芳椒铺厅堂。桂木栋梁木兰做椽，辛夷门楣白芷房，编结薜荔作帷幔，掰开蕙草一顶帐。白玉用来镇四角，石兰布列气芬芳，荷叶房顶白芷盖，杜衡缭绕屋四旁。汇聚百草满庭院，集合芬芳溢门槛。九嶷仙子纷迎接，百神会聚在一堂。我把夹袄抛江中，单衫掷在澧水滨。汀洲之上采杜若，亦可送给陌生人。良辰美景不多得，散步逍遥解愁心！

【简析】

本篇是祭湘水女神的诗歌，和《湘君》是姊妹篇。全篇以湘君思念湘夫人的语调来写，描绘出那种驰神遥望、祈之不来、盼而不见的惆怅心情。湘夫人和湘君是偶神，本诗写男巫以湘君的身份久等湘夫人而不来，抒发了湘君对湘夫人

深切的思慕哀怨之情。

《湘夫人》的艺术特点体现在景物描写和心理刻画上。"袅袅兮秋风，洞庭波兮木叶下。"这一句，描绘出一幅秋风微吹、湖泊清泛、万木叶落的秋天图画，想象丰富，缤纷多彩，有着美丽凄婉、如梦如幻的意境。

诗人运用丰富的想象和卓绝的艺术天才，成功地塑造了湘君和湘夫人这两个形象，并且抒发了自己热爱楚地一山一水的浓烈感情，是浪漫主义的杰作。

大司命

【原文】

广开兮天门，纷吾乘兮玄云。令飘风兮先驱，使冻雨兮洒尘。君迴翔兮以下，逾空桑兮从女。纷总总兮九州，何寿夭兮在予！高飞兮安翔，乘清气兮御阴阳。吾与君兮

斋速，导帝之兮九坑。灵衣兮被被，玉佩兮陆离。壹阴兮
壹阳，众莫知兮余所为。折疏麻兮瑶华，将以遗兮离居。
老冉冉兮既极，不寖近兮愈疏。乘龙兮辚辚，高驼兮冲天。
结桂枝兮延伫，羌愈思兮愁人。愁人兮奈何，愿若今兮无亏。
固人命兮有当，孰离合兮可为？

【译文】

敞开天宫的大门，我乘着浓云上升。令旋风在前开路，使暴雨洒下静尘。大司命飘转而降，我越过空桑山追从你。纷纭广大的九州啊，凡人的寿数尽握我手中。高高飞翔旋转空

乘龙兮辚辚

中，驾驭着时间与人的生命。我愿与您一同前进，导引您
在九冈山顶。神灵之衣冉冉飘飞，玉佩多么光彩陆离。昼
夜之间不停转换，众生不知我的所为。折一把疏麻之花，
送给将要离去的神灵。衰老渐已达到极限，神啊我欲亲近
你反而远行。你驾着龙车隆隆行进，高驰冲天不见音容。
我编好桂枝久久立望，心中思念多么愁人。愁烦啊无可奈
何，愿您保重就似当今。人命本来早有定数，哪里是神人
离合可做决定？

【简析】

楚地风俗好祀鬼神，楚人以为人之寿夭必有神灵主宰，
因而奉祀大司命。一说大司命是星名。《史记·天官书》

云："北魁戴匡六星，曰文昌宫：一曰上将，二曰次将，三曰贵相，四曰司命……"古人以为大司命是掌管人之生死的寿命之神。本篇是祭大司命的祭歌，其中所塑造的大司命的艺术形象，虽是威严、神秘的化身，但人民仍对他倾注了热烈的感情，反映了人们对长寿的渴望，对生活的热爱，对人生价值的重视。最后，作品以"若今无亏""人命有当"做结，更可看出诗人对人生和宇宙真理的深沉思索与积极追求。

少司命

【原文】

　　秋兰兮麋芜，罗生兮堂下。绿叶兮素枝，芳菲菲兮袭予。夫人自有兮美子，荪何以兮愁苦！秋兰兮青青，绿叶兮紫茎。满堂兮美人，忽独与余兮目成。入不言兮出不辞，乘回风兮载云旗。悲莫悲兮生别离，乐莫乐兮新相知。荷衣兮蕙带，倏而来兮忽而逝。夕宿兮帝郊，君谁须兮云之际？与女游兮九河，冲风至兮水扬波。与女沐兮咸池，晞女发兮阳之阿。望美人兮未来，临风恍兮浩歌。孔盖兮翠旍，登九天兮抚彗星。竦长剑兮拥幼艾，荪独宜兮为民正。

【译文】

　　秋兰花，鹿芜芽，缠丝牵藤满堂下。中翠绿，花洁白，芳香菲菲扑面来。世人都有好儿女，你又何必多愁挂？秋兰叶啊青又青，绿叶扶疏又相衬；满堂皆是美人啊，对我凝目送真情。进来出去不吭声啊，乘风驾云回天庭。悲伤最是生别离，快乐莫过初恋时。荷叶制衣蕙作带，你来去飘忽好似风。夜晚歇息在天郊，你为谁等待在云霄？愿与你洗发在咸池，想看你晾发在晹谷。盼美人啊你未来，临风唱起失意的歌。孔雀车盖翠羽旌，登天抹掉灾彗星。举长剑啊抢幼童，唯你最宜护百姓！

【简析】

少司命是主宰儿童命运的女神。因为她是一位年轻美貌的女神，所以其中一些章节也描述了人神爱恋的情节。本篇是祭者的歌词。有了主管生命之神大司命，又创造出专管子嗣和儿童命运之神少司命。在诗人笔下，少司命之神，一手抱着儿童，一手挺着长剑。对神的礼赞，正反映了人们对生命的热爱。大司命是一位铁面无情的男神，少司命却是一位年轻美貌、温柔多情的女神。将生命同爱情结合在一起，体现了人民群众朴实的生活理想。

东君

【原文】

　　暾将出兮东方，照吾槛兮扶桑。抚余马兮安驱，夜皎皎兮既明。驾龙辀兮乘雷，载云旗兮委蛇。长太息兮将上，心低徊兮顾怀。羌声色兮娱人，观者憺兮忘归。

【译文】

　　要出来了，要出来了，东方已透出一线温柔的光，光线洒在了太阳栖息的神树扶桑上。太阳神乘马驾车缓缓前行，神态是如此安详。漫漫的长夜就要结束，东方已经变得明亮。呵！她的车儿原来是龙，她的车轮发出雷鸣轰响。逶迤的云旗呵，飘舞高扬。长叹息一声，将要喷薄而上，却又迟疑徘徊，回首故乡。呵！太阳，你东升的美好形象，使所有的观众皆忘回家。

东君

【原文】

缊瑟兮交鼓，箫钟兮瑶簴。鸣篪兮吹竽，思灵保兮贤姱。翾飞兮翠曾，展诗兮会舞。应律兮合节，灵之来兮蔽日。青云衣兮白霓裳，举长矢兮射天狼。操余弧兮反沦降，援北斗兮酌桂浆。撰余辔兮高驼翔，杳冥冥兮以东行。

【译文】

弹起来吧！欢快的琴瑟，将伴奏的鼓点擂响！撞起来吧！编钟！连钟架也随着欢唱！吹起来吧！笙竽！加入到这节奏的疯狂！呵！看那巫女出来了，打扮得真漂亮，足尖点地，舞步急促，像快乐的鸟儿飞翔。伴舞者翩翩起舞，伴唱者唱起了美丽的诗章。歌协音律，舞合节拍，在众神的簇拥下，升起了东君太阳。那太阳神以云霓为衣裳，举起神箭，一箭就射中恶星天狼！手持那九星组成的弧矢星，返身向着西方沉降。拿来北斗七星做酒杯，酌来芳香的美酒桂浆。在无边的夜色里，神不停地由西向东，高翔。在黑沉沉的夜色里，等待着，新的起航。

编钟

【简析】

本篇是楚人祭祀太阳的颂歌。在一切自然现象中，人民一天也不能离开的就是普照大地的阳光。因而人们对日神的崇拜和歌颂是最为热烈而具体的。本篇祭日神的歌辞，正明朗而集中地表现了这种意识。东君的形象，被赋予种种人的情感、欲望乃至个性。他既是太阳本身的艺术化，又是一个被人格化了的神的形象。他能给人以光明的、伟大的、具有永久意义的美感。

河伯

【原文】

与女游兮九河，冲风起兮横波。乘水车兮荷盖，驾两龙兮骖螭。登昆仑兮四望，心飞扬兮浩荡。日将暮兮怅忘归，惟极浦兮寤怀。鱼鳞屋兮龙堂，紫贝阙兮朱宫。灵何为兮水中？乘白鼋兮逐文鱼，与女游兮河之渚，流澌纷兮将来下。
子交手兮东行，送美人兮南浦。波滔滔兮来迎，鱼鳞鳞兮
媵予。

　　与您遍游九条大河，河面上狂风掀起大波。乘着水
车以圆荷为盖，两龙驾辕双螭作骖。登上昆仑遥遥而望，
心绪飞扬情怀浩荡。夕阳西下怅然忘归，远眺河边令我念
想。鱼鳞盖屋龙骨筑堂，紫贝饰阙珍珠布宫。河伯啊，为
何在河之中央？乘着白鼋追逐文鱼，与您同游在黄河之
滨。春初之时日暖冰消，河水由西滚滚向东。你我携手向
东漫步，在河阴送别心中的美人。波浪滔滔前来欢迎，鱼
儿列队伴我前行。

　　本篇是祭祀河伯的祭歌。但它与别的祭歌不同，它不

洛水

涉及祭祀本身，而是通篇写与黄河之神相恋的故事。游九河，登昆仑，入水宫，游河渚，最后南浦告别，河伯还派波涛来接，由群鱼陪送。人神之间如此情深意绵，写出了楚国儿女对于黄河的向往与热爱，也展现了屈原的博大胸怀。歌中没有礼祀之词，而是河伯与女神相恋的故事，大约是楚人淫祀的特色，以恋歌情歌作为娱神的祭词。河伯本指黄河之神，至战国时代人们把各水系的河神统称河伯。当时楚国国境未达黄河，所祭的只是河神。据考本篇可能是记叙河伯与洛水女神前期相恋之事。一是因为洛水在黄河之南，不是远离楚国的其他水系；二是因为洛水女神正是宓妃。宓妃性情放荡，曾与后羿相恋，故有后羿"射夫河伯"，"眇其左目"，河伯上告于天帝请诛后羿之事。

山鬼

【原文】

若有人兮山之阿，被薜荔兮带女罗。既含睇兮又宜笑，子慕予兮善窈窕。乘赤豹兮从文狸，辛夷车兮结桂旗。被石兰兮带杜衡，折芳馨兮遗所思。余处幽篁兮终不见天，路险难兮独后来。表独立兮山之上，云容容兮而在下。杳冥冥兮羌昼晦，东风飘兮神灵雨。留灵修兮憺忘归，岁既晏兮孰华予。采三秀兮于山间，石磊磊兮葛蔓蔓。怨公子兮怅忘归，君思我兮不得闲。山中人兮芳杜若，饮石泉兮荫松柏。君思我兮然疑作，雷填填兮雨冥冥，猨啾啾兮又夜鸣。风飒飒兮木萧萧，思公子兮徒离忧。

　　仿佛有一个人影，在山中深曲之处出没，身上披着薜荔香草，腰上系着蔓生的女萝。眼神似是多情地凝望，嘴角似有美美的笑涡。你爱我哦！窈窕的身材，袅袅娜娜。坐乘着赤褐色的豹哦，跟随着带有花纹的狸，用辛树制作成我的车，车上飘着桂花编织的香旗。披挂着石兰的花朵，散发着杜衡的芳馨。我要折下那芳香的花朵，赠送我心中之所思。住在那幽僻的竹林深处哦，竹林幽幽难见天日。你若问我何以来迟哦，路途遥遥哦，征程险难。独自伫立在万山之巅，云朵也飘浮在下面。你黑沉沉的云哦，使明亮的白昼黑暗。你掌管风雨的神哦，驾着东风飘舞回旋。思念你哦，沉溺在爱河里迷途忘返；岁月流逝，谁能再给我少女的容颜。采摘灵芝哦巫山间，山石磊磊哦藤蔓相连。怨恨公子你哦，惆怅忘归还。公子你即使要将我思念哦，恐怕也难得空闲。我这山中人哦，芬芳如杜若，口渴就饮山泉，体乏就休憩于松柏间。公子你对我哦，内心里却依然充满疑惑，雷声大作，大雨瓢泼；猿猱凄厉地鸣叫，在无边的夜色。飒飒的寒风吹过，树叶萧萧地飘落。唉！我对公子的千种柔情，万般思念，都不过是对自己的折磨。

　　山鬼即一般所说的山神，因为未获天帝正式册封在正神之列，故仍称山鬼。诗中描述的是一位山中女神的爱情故事。诗写了这位山中妙龄女神的孤独幽凄之感，写了她企盼与意中人前来相会的焦灼情绪，疑虑不安的心情、深挚的相思，以及感到被抛弃的痛苦。她从热望到失望，从无限幸福

雷填填兮雨冥冥

的憧憬到落入痛苦的深渊，一切细节都切合山神的特点；但这位山神的爱情遭遇与人间多情少女在爱情上的命运一模一样。屈原将山水之美人格化了，又将人生之美山水化了。不但本篇，《湘君》《湘夫人》《河伯》都有这种特点。这批作品都是屈原热爱人生，热爱生活与热爱祖国山水相契合而成的艺术品。

国殇

【原文】

操吾戈兮被犀甲，车错毂兮短兵接。旌蔽日兮敌若云，矢交坠兮士争先。凌余阵兮躐余行，左骖殪兮右刃伤。霾两轮兮絷四马，援玉枹兮击鸣鼓。天时坠兮威灵怒，严杀尽兮弃原野。出不入兮往不反，平原忽兮路超远。带长剑

车错毂兮短兵接

兮挟秦弓，首身离兮心不惩。诚既勇兮又以武，终刚强兮不可凌。身既死兮神以灵，子魂魄兮为鬼雄。

【译文】

手拿吴戈啊身穿犀皮甲，战车交错啊刀剑相砍杀。旗帜蔽日啊敌人如乌云，飞箭交坠啊士卒勇争先。犯我阵

地啊践踏我队伍，左骖死去啊右骖被刀伤。埋住两轮啊绊住四匹马，手拿玉槌啊敲打响战鼓。天昏地暗啊威严神灵怒，残酷杀尽啊尸首弃原野。出征不回啊往前不复返，平原迷漫啊路途很遥远。佩带长剑啊挟着强弓弩，首身分离啊壮心不改变。实在勇敢啊富有战斗力，始终刚强啊没人能侵犯。身已死亡啊精神永不死，您的魂魄啊为鬼中英雄。

【简析】

《国殇》是祭祀为国阵亡将士的祭歌，诗人生动地描写了将士们为保卫祖国英勇奋战，最后壮烈牺牲的感人场面，热情讴歌了他们的英雄气概和勇敢精神，寄托了自己的哀思。通篇直赋其事，慷慨激昂，刚健朴秀，在《九歌》中独树一帜。

礼魂

【原文】

成礼兮会鼓，传芭兮代舞，姱女倡兮容与。春兰兮秋菊，长无绝兮终古。

【译文】

祭礼告成齐击鼓，传递鲜花轮流舞，美女歌唱容颜舒。春兰郁香秋菊丽，永不凋败芳千古。

【简析】

此篇是通用于前面十篇祭祀各神之后的送神曲，由于所送的神中有天地神也有人鬼，所以不称礼神而称礼魂。祭祀的目的，一般认为，是为了祈求生活一代一代地更好地延续下去。从礼典终古不绝做结，是人们事神之心，也就是神对人的功德。本篇就是这样从人神之间的关系突出了祭祀总的意义。

娇女倡兮容与

【释题】

　　《天问》是一篇奇文。文中诗人就自然、历史、社会，以及有关的神话传说，一口气提出了一百七十二个问题。这里面，有很多问题在当时是已经有了答案的，但诗人并不以此为满足，而是提出了严厉的追问，试图找到新的答案。

曰：遂古之初，谁传道之？上下未形，何由考之？冥昭瞢暗，谁能极之？冯翼惟像，何以识之？明明暗暗，惟时何为？阴阳三合，何本何化？

【译文】

请问：上古初期的情况，是谁传给了后代？天地未曾形成，凭什么考察出来？明暗模糊不清，谁能追根究底？大气混沌弥漫，凭什么得以认识？昼夜终于分明，究竟起于何时？阴阳交错相合，何为本源何为延续？

【原文】

圜则九重，孰营度之？惟兹何功，孰初作之？斡维焉系？天极焉加？八柱何当？东南何亏？九天之际，安放安属？隅隈多有，谁知其数？

【译文】

圆天有九重之深，是谁设计经营？想来如此丰功，是谁最初作成？天的枢纽和绳索系在哪里？天的顶端和边缘又在何处？八柱怎样安放？东南为何低下？九天的边际和中央，又是如何放置如何连接？大地多有角落弯曲，又有谁知道其数量？

【原文】

天何所沓？十二焉分？日月安属？列星安陈？出自汤谷，次于蒙汜。自明及晦，所行几里？夜光何德，死则又育？厥利维何，而顾菟在腹？

日月安属

【译文】

天地在何处相会？十二时辰怎样等分？日月怎样挂在天空？众星如何排列安陈？太阳早晨出自汤谷，晚上止息在蒙水之滨。从天亮运行到天黑，太阳行走了多少里程？月光有何德能，每月都能死而复生？它为了什么利益，又养了玉兔在其腹中？

【原文】

女歧无合，夫焉取九子？伯强何处？惠气安在？何阖而晦？何开而明？角宿未旦，曜灵安藏？

【译文】

女歧没有丈夫，从哪里得到九子？伯强身在何处？祥和之气从哪里吹拂？什么门合而天暗？什么门开而天明？角宿尚未明亮，太阳在何处藏身？

【原文】

不任汩鸿，师何以尚之？佥曰何忧？何不课而行之？鸱龟曳衔？鲧何听焉？顺欲成功，帝何刑焉？永遏在羽山，夫何三年不施？伯禹愎鲧，夫何以变化？

【译文】

鲧无力治止洪水，众人为何推举他上任？大家都说不用

女歧九子

忧心，为何不试行而任用？鸱和龟运走土石，鲧为何听任它们？顺应欲望将要成功，帝为何要对鲧施刑？长期被拘禁在羽山，为何多年不被释放？鲧的腹中孕育伯禹，又是怎样变化而成？

【原文】

篡就前绪，遂成考功。何续初继业，而厥谋不同？洪泉极深，何以窴之？地方九则，何以坟之？河海应龙，何尽何历？鲧何所营？禹何所成？康回冯怒，墬何故以东南倾？

康回冯怒东南倾

【译文】

大禹继承父志治水，终于成就他的丰功。为何父子前后相承，他们的谋略却不同？洪水之源深不可测，禹何以把它填平？九州方圆划为九等，禹何以将它平分？应龙如何助禹分水？河海究竟怎样相通？伯鲧有过怎样的经营？大禹凭什么取得成功？共工怒撞不周山，大地何故向东南倾？

【原文】

九州安错？川谷何洿？东流不溢，孰知其故？东西南北，其修孰多？南北顺椭，其衍几何？昆仑县圃，其尻安在？增城九重，其高几里？四方之门，其谁从焉？西北辟启，何气通焉？

　　九州怎样设置？河溪怎样开通？东流到海不满不溢，谁知其中原因？地面的东西南北，究竟哪边更长？南北形似椭圆，究竟延伸多长？西极昆仑有仙境县圃，它的尾部又在何处？县圃之上有增城九重，它的高度又有几里？昆仑山上四方之门，有谁从此出出进进？它的西北门是开启的，其中有何气流相通？

【原文】

　　日安不到，烛龙何照？羲和之未扬，若华何光？何所冬暖？何所夏寒？焉有石林？何兽能言？焉有虬龙，负熊以游？雄虺九首，倏忽焉在？何所不死？长人何守？

【译文】

　　日光哪里照射不到，烛龙怎把那里照亮？羲和尚未扬鞭起程，若木花如何会放光？什么地方冬天温暖？什么地方夏日凉爽？哪里石树连成林？何处野兽把话讲？哪里有无角的虬龙，背负着黑熊游四方？雄虺竟然有九头，在何处倏忽来往？何处使人长生不老？何处由巨人防风氏把守？

烛龙何照

靡蓱九衢，枲华安居？一蛇吞象，厥大何如？黑水玄趾，三危安在？延年不死，寿何所止？鲮鱼何所？鬿堆焉处？羿焉彃日？乌焉解羽？

羿焉彃日

【译文】

浮萍生长在九衢之地，枲麻之花又扎根在何处？一条蛇生吞了大象，蛇的身体该有多大？神秘的黑水染了脚趾，三危山的仙霞又在哪里？仙露可使人延年不死，人寿活到何时为止？人面鱼身的鲮鱼在哪里？白首虎爪的鬿雀在何处？后羿在哪里射下九日？三足乌在哪里脱落毛羽？

【原文】

禹之力献功，降省下土四方。焉得彼嵞山女，而通之于台桑？闵妃匹合，厥身是继，胡维嗜不同味，而快鼂饱？

【译文】

大禹投身治水事业，深入民间视察灾情。他从哪里得到涂山氏之女，二人交合于桑田之中？彼此爱怜匹配结合，也是为了后继有人，为何嗜好不同，却都愿贪图一时的放纵?

【原文】

启代益作后,卒然离蠥。何启惟忧,而能拘是达?皆归躬籍,而无害厥躬。何后益作革,而禹播降?启棘宾商,《九辩》《九歌》。何勤子屠母,而死分竟地?

【译文】

启取代益做了国君,突然遭到有扈氏反叛。为何启遭受忧患,却能从拘禁中逃脱?益的军队归顺投降,不能损害启秋毫。为何益的统治权被夺去,而禹的后代繁盛?启陈列了宫中之乐,上演了《九辩》和《九歌》。为何勤勉的儿子会杀死自己的母亲,让母亲的尸骨散落?

【原文】

帝降夷羿,革孽夏民。胡射夫河伯,而妻彼雒嫔?冯珧利决,封豨是躬。何献蒸肉之膏,而后帝不若?浞娶纯狐,眩妻爱谋。何羿之射革,而交吞揆之?

【译文】

天帝将后羿降在人间,为的是革除夏民的灾难。为何羿射了河伯,

弈射河伯,妻彼雒嫔

娶了他的妻子宓妃？拉满弓弦套上扳指，后羿又射杀了大
猪。为何他献上肥美的猪肉，上帝却不以为然？寒浞娶了
纯狐为妻，二人合谋杀死后羿。为何后羿可射穿七层牛
皮，最终却被二人合谋杀死？

【原文】

阻穷西征，岩何越焉？化为黄熊，巫何活焉？咸播秬黍，
莆雚是营。何由并投，而鲧疾修盈？

【译文】

鲧历尽险阻从西而行，如何翻越崇山峻岭？他的魂化
成黄熊，神巫如何使其复活？淤地里都种上黑黍，就把蒲
草芦苇之地经营。舜帝将他们一并放逐，为何鲧病瘦而修
己丰盈？

【原文】

白蜺婴茀，胡为此堂？安得夫良药，不能固臧？天式
从横，阳离爰死。大鸟何鸣，夫焉丧厥体？

【译文】

白虹身上缠绕着彩虹，为何崔王的故事画在堂中？
哪里得到这些良药，却又不能牢牢藏稳？自然规律天下一
般，阳气离去就不保命。尸化的大鸟为何鸣叫，怎会丧失
原来躯身？

【原文】

蓱号起雨，何以兴之？撰体协胁，鹿何膺之？鳌戴山抃，
何以安之？释舟陵行，何之迁之？

【译文】

雨师萍呼号不止，不知凭什么作雨兴云？风神飞廉具有鹿身，它又如何响应？巨龟顶着神山舞动，天帝凭什么使其安稳？钓鳌客弃舟陆行，他凭什么将巨龟搬运？

【原文】

惟浇在户，何求于嫂？何少康逐犬，而颠陨厥首？女歧缝裳，而馆同爰止，何颠易厥首，而亲以逢殆？

【译文】

浇来到嫂子的门口，对她提出什么要求？为何少康放出猎狗，使其咬下浇的人头？女歧替浇缝制衣裳，二人因此同睡一床，少康为何错割浇首，浇因纵欲遭祸逢殃？

【原文】

汤谋易旅，何以厚之？覆舟斟寻，何道取之？桀伐蒙山，何所得焉？妹嬉何肆，汤何殛焉？舜闵在家，父何以鳏？尧不姚告，二女何亲？

【译文】

浇图谋改变夏众，用何种方法厚待他们？他在水战中灭亡斟寻，不知用何法取胜？夏桀把蒙山攻破，得到了什么美人？妹嬉如何放荡，汤怎么将她灭亡？舜接近壮年尚未娶妻，其父为何不让他成家？尧不告知舜的双亲，二女又怎能与他成婚？

【原文】

　　厥萌在初，何所亿焉？璜台十成，谁所极焉？登立为帝，孰道尚之？女娲有体，孰制匠之？

【译文】

　　事物流露出端倪，谁能预测其未来？纣王筑起十层玉台，谁能预知他的灭亡？伏羲被拥立称帝，是谁拥护他登基？女娲自己的形体，又是谁来创造？

【原文】

　　舜服厥弟，终然为害。何肆犬体，而厥身不危败？吴获迄古，南岳是止。孰期去斯，得两男子？

【译文】

　　舜一味顺从其弟，最终导致被迫害。象多么像凶犬啊，为什么舜不致危败？吴人的祖先上及古公亶父，他们的国家就在南方的山中。谁能料到太伯和仲雍的贤举，使其得到两位伟大的君主？

【原文】

　　缘鹄饰玉，后帝是飨。何承谋夏桀，终以灭丧？帝乃降观，下逢伊挚。何条放致罚，而黎服大说？

【译文】

　　供食之鼎雕鹄饰玉，伊尹将佳肴献给商汤。他如何受命谋算夏桀，终于导致夏朝覆亡？商汤视察四海，遇上伊尹。他在鸣条之战中打败了夏桀，然后将其放逐，为何黎民百姓却因此而高兴异常？

【原文】

简狄在台，喾何宜？玄鸟致贻，女何喜？

【译文】

简狄和妹妹住在瑶台，帝喾怎样向她求婚？燕子将蛋赠送给她，简狄吞了为何怀孕？

南岳两男子

【原文】

该秉季德，厥父是臧。胡终弊于有扈，牧夫牛羊？干协时舞，何以怀之？平胁曼肤，何以肥之？

【译文】

亥继秉承冥的德行，像父亲一样善良。为何被困有扈氏，在那里放牛牧羊？他在有扈氏执盾而舞，为什么引诱那里的女子？那女人长得丰乳嫩肤，为何她如此丰盈美丽？

【原文】

有扈牧竖，云何而逢？击床先出，其命何从？恒秉季德，焉得夫朴牛？何往营班禄，不但还来？

【译文】

有扈氏放牧的小子，怎样遇到他们私通？打击在床亥已逃出，他的命如何保存？恒也秉承了父德，他如何得到

亥的大牛？为何他前往
追求爵禄，目的尚未达
到就回来了？

帝喾

昏微遵迹，有狄不
宁。何繁鸟萃棘，负子
肆情？眩弟并淫，危害
厥兄。何变化以作诈，
后嗣而逢长？

【译文】

上甲微遵循父祖的踪迹，致使有狄氏不得安宁。鸟为
何栖在荆棘上，上甲微为何背着子媳纵情？他的弟弟一同
淫乱，以致危害到他的长兄。为何狡诈多端，其后代却能
得以繁盛？

【原文】

成汤东巡，有莘爰极。何乞彼小臣，而吉妃是得？水
滨之木，得彼小子。夫何恶之，媵有莘之妇？汤出重泉，
夫何罪尤？不胜心伐帝，夫谁使挑之？

【译文】

商汤往东巡视，到有莘国停止。为何求得伊尹，还
得到有莘氏之女？传说从水滨的空木里，有莘氏得到了伊
尹。对他有何厌恶，作为陪嫁送给商汤？汤走出被囚的重
泉，他犯了什么罪过？不能禁心讨伐君王，那是受了谁的

○五八

调唆？

【原文】

会鼉争盟，何践吾期？苍鸟群飞，孰使萃之？到击纣躬，叔旦不嘉。何亲揆发足，周之命以咨嗟？

【译文】

八百诸侯一朝会齐盟津，他们何以争相前来赴约？将士如苍鹰勇猛搏击，是谁使其力量聚集？武王愤而打击纣的尸首，周公看了并不同意。为何他参与讨纣大计，奠定周朝基业反而叹息？

伊尹

【原文】

授殷天下，其位安施？反成乃亡，其罪伊何？争遣伐器，何以行之？并驱击翼，何以将之？

【译文】

上帝将天下授与殷，是他们施行了什么德政？及其成功又要灭亡，他的罪过又是什么？诸侯争相率军纣伐，是谁使其一起行动？诸侯齐驱夹击两翼，是谁统帅指挥他们？

【原文】

昭后成游，南土爰底。厥利惟何，逢彼白雉？穆王巧梅，夫何为周流？环理天下，夫何索求？妖夫曳衒，何号于市？周幽谁诛？焉得夫褒姒？

楚辞经典

褒姒

【译文】

　　周昭王盛装南巡，直至南方的楚国而止。其中原因为了什么，难道为迎取越裳国的白雉？周穆王巧于贪利，为何将天下周游？环行了东西南北，他将什么宝物索求？有妖人在街上叫卖，他们在市上兜售什么？周幽王是谁诛杀的？他又从哪里得到褒姒？

【原文】

　　天命反侧，何罚何佑？齐桓九会，卒然身杀。

【译文】

　　天命真是反复无常，凭何保佑凭何惩罚？齐桓公九次会盟诸侯，竟被奸臣谋杀。

【原文】

　　彼王纣之躬，孰使乱惑？何恶辅弼，谗谄是服？比干何逆，而抑沉之？雷开阿顺，而赐封之？何圣人之一德，卒其异方？梅伯受醢，箕子详狂。

〇六〇

纣王那个暴君啊，是谁使他惑乱？为何厌恶贤臣，反而将奸臣喜欢？比干对他有何违逆，竟遭到剖腹剜心？雷开对他如何阿谀，竟受到丰厚赐封？为何圣人德行相似，最终结局却大不相同？梅伯进谏被剁成肉酱，箕子逢祸佯狂装疯。

【原文】

稷维元子，帝何竺之？投之於冰上，鸟何燠之？何冯弓挟矢，殊能将之？既惊帝切激，何逢长之？

【译文】

后稷乃是帝喾的长子，其父为何憎恶他？将他弃在寒冰之上，鸟为何以翼护其周全？他为何会拉弓射箭，天生就会统帅军队？既然使帝喾惊骇，为何他的后人却能昌盛不衰？

【原文】

伯昌号衰，秉鞭作牧。何令彻彼岐社，命有殷国？迁藏就岐，何能依？殷有惑妇，何所讥？受赐兹醢，西伯上告。何亲就上帝罚，殷之命以不救？师望在肆，昌何识？鼓刀扬声，后何喜？

后稷

楚辞经典

西伯昌在衰世号令，统率诸侯掌握权柄。是谁使其折去岐社，占有殷商秉承天命？古公亶父迁居岐山，众百姓为何要跟从？纣王身边有个惑乱的女子，众忠臣还能进谏什么？西伯昌接受梅伯的肉汤，他上告天帝控诉纣王的罪行。纣王因此受到天帝惩罚，殷商从此难延命运。姜太公在屠市之时，西伯昌何以识其才能？姜太公鼓刀而歌时，西伯昌又何以大喜？

【原文】

武发杀殷，何所悒？载尸集战，何所急？伯林雉经，维其何故？何感天抑墬，夫谁畏惧？皇天集命，惟何戒之？受礼天下，又使至代之？

【译文】

武王讨杀纣王，为何那样义愤填膺？载着文王的灵牌会战，为何那样心急如焚？纣王在柏林中自杀，那是什么原因？伐纣多么感动天地啊，那么有何畏惧担心？皇天既然赐天命给殷，该对殷有何警戒？既然殷受命治理天下，为何又让位给周？

【原文】

初汤臣挚，后兹承辅。何卒官汤，尊食宗绪？勋阖梦生，少离散亡。何壮武厉，能流厥严？

【译文】

当初伊尹只是汤的小臣，后来竟做到商的宰相。为何死在商的官位上，最后在宗庙里配享？阖闾是寿梦的后人，他在少年时离散流亡。为何壮年时反而勇武，能够承传其祖先的庄严事业？

【原文】

彭铿斟雉，帝何飨？受寿永多，夫何久长？

【译文】

彭祖烹调了野鸡汤，上帝为何乐于品尝？他的寿命很长，为何能活得如此久长？

【原文】

中央共牧，后何怒？蜂蛾微命，力何固？

彭祖

【译文】

为什么召、周二人共理国政，厉王发怒又为哪般？百姓微贱犹如蜂蛾，聚集的力量为何如此强大？

【原文】

惊女采薇，鹿何祐？北至回水，萃何喜？

【译文】

二圣惊异女子的话而绝食，上帝为何派遣白鹿喂养他们？当初他们北行至首阳山曲回水，兄弟死在一起有何值得高兴？

【原文】

兄有噬犬，弟何欲？易之以百两，卒无禄？

【译文】

秦景公拥有猛犬，他的弟弟为何想要霸占？当初愿出百辆车交换，为何最终丢了爵禄？

【原文】

薄暮雷电，归何忧？厥严不奉，帝何求？

【译文】

黄昏时电闪雷鸣，离开宗庙有何愁情？楚君不再保持威严，祈求上帝还有何用？

【原文】

伏匿穴处，爰何云？荆勋作师，夫何长？悟过改更，我又何言？

【译文】

我伏匿隐居在山洞，又能说些什么呢？楚国喜好兴兵作战，怎能延长它的命运？假如悔悟过错更弦改张，我又何必言论？

【原文】

吴光争国，久余是胜。何环穿自闾社丘陵，爰出子文？吾告堵敖以不长，何试上自予，忠名弥彰？

吴国公子光与我国发动战争，长久以来总是吴国取胜。斗伯比穿街绕巷行为放荡，为何竟生出子文这样的贤相？我说堵敖的君位不长，为何他的弟弟弑兄自立，反而忠直之名更加昭彰？

【简析】

本篇纯是对于民间相传的神话发出的种种疑问，前半篇是关于宇宙开辟的神话所起疑问，后半篇是关于历史神话所起疑问。对于万有的现象和理法怀疑烦闷，是屈原文学思想出发点。像尧舜，在《天问》中，他们的举措，仍然不能逃脱深刻的怀疑。这就意味着，无论怎样的圣君贤臣，都不能成为不容怀疑的绝对权威。《天问》的作者具有超越当时一般思想家的强大而独立人格力量，因而他敢于鄙视社会的压力，超越已被社会肯定的思想习惯和思维模式。这种怀疑精神在中国历史上也是少有的。

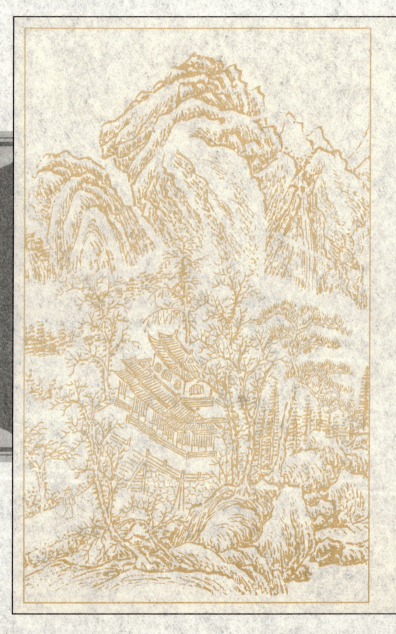

九章

【释题】

汉初，淮南王刘安及其宾客辑屈原一生中不同时期、不同地域所作的九篇文章为一卷，总题目曰《九章》。《九章》的内容都与屈原的身世有关，这与《离骚》相似。两者都直接反映了屈原的生活经历，具有强烈的政治色彩。

《九章》由九篇作品组成：《惜诵》《涉江》《哀郢》《抽思》《怀沙》《思美人》《惜往日》《橘颂》《悲回风》。大部分都反映了屈原流放生活的经历，是研究屈原生平活动的重要材料。这些诗篇善于把纪实、写景与抒情相结合，以华美而富有表现力的语言，写出复杂的、激烈冲突的内心状态。但每一篇的篇幅较《离骚》短得多；所涉及的事实是生活中具体的片断，不像《离骚》是综合性的自叙；使用的手法以纪实为主，较少采用幻想来表现。

惜诵

惜诵以致愍兮，发愤以抒情。所作忠而言之兮，指苍天以为正。令五帝以析中兮，戒六神与向服。俾山川以备御兮，命咎繇使听直。竭忠诚以事君兮，反离群而赘肬。忘儇媚以背众兮，待明君其知之。言与行其可迹兮，情与貌其不变。故相臣莫若君兮，所以证之不远。吾谊先君而后身兮，羌众人之所仇。专惟君而无他兮，又众兆之所雠。壹心而不豫兮，羌不可保也。疾亲君而无他兮，有招祸之道也。思君其莫我忠兮，忽忘身之贱贫。事君而不贰兮，迷不知宠之门。忠何罪以遇罚兮，亦非余心之所志。

心怀不忍而陈述忧愁，抒发愤懑表露幽情。出于忠诚而进言，手指苍天而作证。令五帝前来判决，告六神向其服罪。使山川之神准备驾车，命法官咎繇断定是非。竭尽

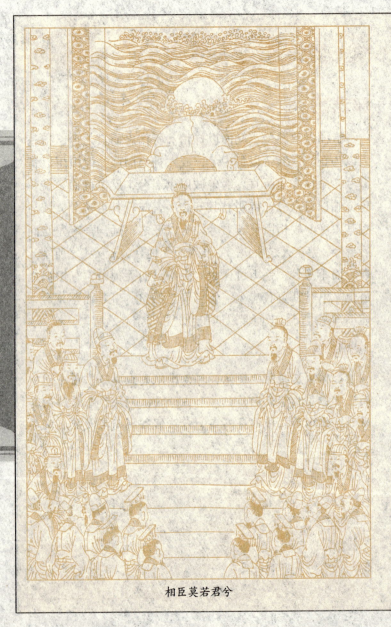

相臣莫若君兮

楚辞经典

忠心服侍君王，反致离群成为赘肬。忘却佞巧导致背众，盼望明君或许知悉。言行忠直都可细胧，内情与外貌绝不改变。故而知臣莫若君主，因为君臣相距不远。宁愿先君而后身，绝不怕众人仇恨。专念君王决无二心，又遭谗臣出卖戏弄。一心思君刚正不阿，因此自身不可善保。全力奉君并不犹豫，反而为己招致祸害。思念君王数我忠诚，竟然忘却自身微贱。服事君王哪有二心，心性迷惑不知邀宠。忠诚为何要遭惩罚？这不是我的初衷。

【原文】

行不群以巅越兮，又众兆之所咍。纷逢尤以离谤兮，謇不可释。情沉抑而不达兮，又蔽而莫之白。心郁邑余侘傺兮，又莫察余之中情。固烦言不可结诒兮，愿陈志而无路。退静默而莫余知兮，进号呼又莫吾闻。申侘傺之烦惑兮，中闷瞀之忳忳。昔余梦登天兮，魂中道而无杭。吾使厉神占之兮，曰有志极而无旁。终危独以离异兮，曰君可思而不可恃。故众口其铄金兮，初若是而逢殆。惩于羹者而吹齑兮，何不变此志也？欲释阶而登天兮，犹有曩之态也。众骇遽以离心兮，又何以为此伴也？

【译文】

行为不群而遭颠仆，又被众谗人讥笑。遭受众人责难诽谤，内心郁结不可释怀。内心郁结无法上达，蒙蔽幽处无处表白。神情忧郁徘徊失意，又有何人明了我心？烦言不可集中表达，想要列述却无路径。退而静默谁能知我，进而呼号谁可听闻？失意重重烦乱迷惑，心中闷乱忧思困顿。梦里曾经登上九天，魂魄半道忽失行踪。我使厉神占卜先验，他说我有志而无助。临危独处众叛亲离，君王思虑却不可恃。旧说众口可以销金，初遇此情即逢危局。害怕热羹口吹冷齑，为何不变刚直之态？欲缘梯阶攀上九天，自信犹有往日气概。众人惊骇纷纷离心，何必又有这些侣伴？

【原文】

　　同极而异路兮，又何以为此援也？晋申生之孝子兮，父信谗而不好。行婞直而不豫兮，鲧功用而不就。吾闻作忠以造怨兮，忽谓之过言。九折臂而成医兮，吾至今而知其信然。矰弋机而在上兮，罻罗张而在下。设张辟以娱君兮，愿侧身而无所。欲僵僵以干傺兮，恐重患而离尤。欲高飞而远集兮，君罔谓汝何之？欲横奔而失路兮，坚志而不忍。背膺牉以交痛兮，心郁结而纡轸。梼木兰以矫蕙兮，鬶申椒以为粮。播江离与滋菊兮，愿春日以为糗芳。恐情质之不信兮，故重著以自明。矫兹媚以私处兮，愿曾思而远身。

晋献公杀世子申生

【译文】

　　目的相同路途不同，那又何必作为奥援？晋国申生本为孝子，献公信谗不加信用。鲧刚直而不知曲就，故而治水不得成功。曾闻尽忠反而招怨，一时以为并非实言。

多次折臂久而成医，至今乃知此言信然。在上张弓意欲发箭，在下布网加以捕杀。众人专巧用以娱君，宁侧身避祸却无法。心想徘徊驻足不进，恐怕祸患大罪加身。心想高飞远远栖止，又怕君王不肯放弃。想要狂奔反而迷路，志向坚定于心不忍。背胸相交阵阵作痛，心中抑郁难以释情。捣碎木兰和以蕙芳，凿烂申椒以为口粮。播下江离培植菊花，心愿春日充作食物。情感质朴君王难信，反复陈说用以自明。固守美质自娱其心，甘愿深思远隐其身。

【简析】

在此篇里，屈原反复吟咏自己为"众人之所仇"的孤独情怀。"惜诵以致愍兮，发愤以抒情"是此篇的创作旨趣，也最能代表其诗歌创作的风格与文学思想。屈原在辞赋中大量宣泄了这种"哀乐之情"。

同极而异路兮

涉江

【原文】

余幼好此奇服兮，年既老而不衰。带长铗之陆离兮，冠切云之崔嵬。被明月兮珮宝璐。世溷浊而莫余知兮，吾方高驰而不顾。驾青虬兮骖白螭，吾与重华游兮瑶之圃。登昆仑兮食玉英，与天地兮同寿，与日月兮同光。哀南夷之莫吾知兮，旦余济乎江湘。乘鄂渚而反顾兮，欸秋冬之绪风。步余马兮山皋，邸余车兮方林。乘舲船余上沅兮，齐吴榜以击汰。船容与而不进兮，淹回水而凝滞。朝发枉陼兮，夕宿辰阳。苟余心其端直兮，虽僻远之何伤。入溆浦余儃佪兮，迷不知吾所如。深林杳以冥冥兮，猨狖之所居。

【译文】

我自幼就喜欢这奇伟的服饰啊，年纪大了爱好仍然没有改变。腰间挂着长长的宝剑啊，头上戴着高高的切云帽。身上披挂着珍珠佩戴着美玉。世道混浊没有人了解我啊，我却高视阔步置之不理。坐上青龙配有白龙驾驶的车子，我要同重华一道去游仙宫。登上昆仑山啊吃那玉的精华，我要与天地啊同寿，我要和日月啊同样光明。可悲啊，楚国没人了解我，明早我就要渡过长江和湘水了。在鄂渚登岸，回头遥望国都，对着秋冬的寒风叹息。让我的马慢慢地走上山冈，让我的车来到方林。坐着船沿着沅水向上游前进啊，船夫们一齐摇桨划船。船缓慢地不肯行进啊，老是停留在回旋的水流里。清早我从枉陼起程啊，晚上才歇宿在辰阳。只要我的心正直啊，就是被放逐到偏僻遥远的地方，又有什么可伤感？进入溆浦我又迟疑起来啊，心里迷惑着不知该去何处。树林幽深而阴暗啊，这是猴子居住的地方。

【原文】

山峻高以蔽日兮，下幽晦以多雨。霰雪纷其无垠兮，云霏霏而承宇。哀吾生之无乐兮，幽独处乎山中。吾不能变心而从俗兮，固将愁苦而终穷。接舆髡首兮，桑扈臝行。忠不必用兮，贤不必以。伍子逢殃兮，比干菹醢。与前世而皆然兮，吾又何怨乎今之人！余将董道而不豫兮，固将重昏而终身！

乱曰：鸾鸟凤皇，日以远兮。燕雀乌鹊，巢堂坛兮。露申辛夷，死林薄兮。腥臊并御，芳不得薄兮。阴阳易位，时不当兮。怀信侘傺，忽乎吾将行兮！

【译文】

山岭高大遮住了太阳啊，山下阴沉沉的并且多雨。雪花纷纷飘落一望无际啊，浓云密布好像压着屋檐。可叹我的生活毫无快乐啊，寂寞孤独地住在山里。我不能改变志向，去顺从世俗啊，当然难免愁苦终身不得志。接舆剪去头发啊，桑扈裸体走路。忠臣不一定被任用啊，贤者

伍子胥

不一定被推荐。伍子胥遭到灾祸啊，比干被剁成肉泥。与前人相比都是这样啊，我又何必埋怨今人呢！我要遵循正道毫不犹豫啊，当然难免终身处在黑暗之中！

尾声：鸾鸟、凤凰，一天天远去啊。燕雀、乌鹊在厅堂和庭院里做窝啊。露申、辛夷，死在草木丛生的地方啊。腥的臭的都用上了，芳香的却不能接近啊。黑夜白昼变了位置，我生的不是时候啊。我满怀着忠信而不得志，只好飘然远行了！

【简析】

《涉江》为屈原自己渡江湘，入洞庭，过枉陼，辰阳而入溆浦的纪行诗，表达了他在腐朽贵族势力迫害下的悲愤心情和崇高理想，宁可"愁苦终穷"也决不"变心从俗"的顽强意志。诗中叙写作者南渡长江，又溯沅水西上，独处深山的情景。其中一段风光描写最为人称道：

入溆浦余儃佪兮，迷不知吾所如。深林杳以冥冥兮，猿狖之所居。山峻高以蔽日兮，下幽晦以多雨。霰雪纷其无垠兮，云霏霏而承宇。

诗人抓住带有特征性的景物，寥寥数语，高度地概括深山密林巍峨幽邃的景象。这一景象，又恰到好处地衬托出诗人寂寞而悲怆的心情。这类风光描写，成了后世山水诗的滥觞，屈原也因此被推为我国山水文学的鼻祖。

楚辞经典

○七六

哀郢

【原文】

皇天之不纯命兮，何百姓之震愆？民离散而相失兮，方仲春而东迁。去故乡而就远兮，遵江夏以流亡。出国门而轸怀兮，甲之鼌吾以行。发郢都而去闾兮，荒忽其焉极？楫齐扬以容与兮，哀见君而不再得。望长楸而太息兮，涕淫淫其若霰。过夏首而西浮兮，顾龙门而不见。心婵媛而伤怀兮，眇不知其所蹠。顺风波以从流兮，焉洋洋而为客。凌阳侯之氾滥兮，忽翱翔之焉薄。

【译文】

天道不专反复无常啊，为何使老百姓在动乱中遭殃？人民妻离子散、家破人亡啊，正当仲春二月迁往东方。离别家乡到远处去啊，沿着长江、夏水到处流亡。走出都门我悲痛难舍啊，我们在甲日的早上开始上道。从郢都出发离开旧居啊，前途渺茫我惘然不知何往。桨儿齐摇船儿却徘徊不前啊，可怜我再也不能见到君王。望见故国高大的楸树我不禁长叹啊，泪落纷纷像雪粒一样。经过夏水的发源处又向西浮行啊，回头看郢都东门而不能见其模样。心绪缠绵牵挂不舍而又无限忧伤啊，渺渺茫茫不知落脚在何方。顺着风波随着江流漂泊吧，于是乎漂流失所客居他乡。船儿行驶在泛滥的水波之上啊，就像鸟儿飞翔却不知停在哪个地方。

屈原

屈原离开郢都

心絓结而不解兮，思蹇产而不释。将运舟而下浮兮，上洞庭而下江。去终古之所居兮，今逍遥而来东。羌灵魂之欲归兮，何须臾而忘反。背夏浦而西思兮，哀故都之日远。登大坟以远望兮，聊以舒吾忧心。哀州土之平乐兮，悲江介之遗风。当陵阳之焉至兮，淼南渡之焉如？曾不知夏之为丘兮，孰两东门之可芜？心不怡之长久兮，忧与愁其相接。惟郢路之辽远兮，江与夏之不可涉。忽若不信兮，至今九年而不复。惨郁郁而不通兮，蹇侘傺而含戚。外承欢之汋约兮，谌荏弱而难持。忠湛湛而愿进兮，妒被离而鄣之。尧舜之抗行兮，瞭杳杳而薄天。众谗人之嫉妒兮，被以不慈之伪名。憎愠惀之修美兮，好夫人之忼慨。众踥蹀而日进兮，美超远而逾迈。

乱曰：曼余目以流观兮，冀壹反之何时？鸟飞反故乡兮，狐死必首丘。信非吾罪而弃逐兮，何日夜而忘之？

心中郁结苦闷而无法解脱啊，愁肠百结心情难以舒畅。将行船向下顺流而去啊，过了洞庭湖又进入长江。离开自古以来的住所啊，如今漂泊来到东方。我的灵魂时时都想着归去啊，哪会片刻忘记返回故乡？背向夏水边而思念郢都啊，故都日渐遥远真叫人悲伤。登上大堤而举目远望啊，姑且以此来舒展一下我忧愁的衷肠。江汉平原人民还过着平安欢乐的日子啊，江汉盆地还保持着传统的楚国风尚。面对着波涛浩渺不知道去向哪里，大水茫茫也不知道南渡到何方。连大厦变成了丘墟都不知道啊，又怎么知道郢都的两个东门是否荒凉？心中久久不悦啊，忧愁还添惆怅。郢都的路途是那样遥远啊，长江和夏水有舟难航。突然遭放逐不被信任啊，不能回郢都至今已有九年时光。悲惨忧郁心情不得舒畅啊，困苦失意满怀悲伤。有人顺承楚王的欢心表面上美好啊，实际上内心软弱很不可靠。有人忠心耿耿愿意进身为国效力啊，却遭到嫉妒者的百般阻挠。唐尧、虞舜具有高尚的品德啊，高远无比可达九天云霄。那些谗佞小人心怀妒嫉啊，在他们头上加以"不慈"的名号。楚王讨厌那深谋远虑的美德啊，却喜欢听那些口头上的慷慨辞藻。小人奔走钻营而日益显进啊，贤臣反被疏远置于脑后。

尾声：放眼四下观望啊，希望什么时候能返回郢都一趟？鸟儿高飞终要返回旧巢啊，狐狸死时头一定向着狐穴所在的方向。确实不是我的罪过却遭放逐啊，何日何夜我会将故国遗忘？

【简析】

哀郢，就是对郢都沦陷的哀悼。全诗作于顷襄王二十一年（前278）秦将白起攻陷楚都郢以后。屈原在流亡

秦将白起攻陷楚都

队伍中，亲眼目睹了祖国和人民遭受的苦难，思前瞻后，百感交集，以极沉痛的心情写下这首诗，哀叹郢都的失陷。

这种沉痛的感情是通过对自己流放历程的叙述而抒发的。诗歌从质问苍天开篇，突兀而起，一下子将读者引入国都残破、人民罹难的悲惨情景中。而后以郢都为起点，由近到远，写出流亡过程中一步一回首、一步一挥泪的沉痛情感："望长楸而太息兮，涕淫淫其若霰。过夏首而西浮兮，顾龙门而不见。"诗人越行越远，郢都高大的乔木和矗立的城门都已在视线中逐渐消失了，悲伤的泪水不觉像雪珠一样纷纷洒落。最后，"乱辞"写道：

鸟飞返故乡兮，狐死必首丘。信非吾罪而弃逐兮，何日夜而忘之！

以动人心弦的怀念之情，以及返回故乡、重振家邦的愿望收尾，既照应了题目与开篇的内容，又给人无穷回味，全诗达到完美和谐的境界。

抽思

【原文】

心郁郁之忧思兮，独永叹乎增伤。思蹇产之不释兮，曼遭夜之方长。悲秋风之动容兮，何回极之浮浮。数惟荪之多怒兮，伤余心之忧忧。愿摇起而横奔兮，览民尤以自镇。结微情以陈词兮，矫以遗夫美人。昔君与我诚言兮，曰黄昏以为期。羌中道而回畔兮，反既有此他志。憍吾以其美好兮，览余以其修姱。与余言而不信兮，蓋为余而造怒。

愿承间而自察兮，心震悼而不敢。悲夷犹而冀进兮，心怛伤之憺憺。

【译文】

忧思积聚在心里，独自哀叹更增添了感伤。愁思解不开愈来愈乱，漫漫黑夜长又长。伤感秋风使草木变容，北极星浮动于天。常想起您原来屡次发怒，这使我心感伤忧郁。有时我真想远走他乡，看到人民苦难自己就放弃了。把感情寄于文辞中，喻为美人当面讲述。您从前和我约好了，约定白头偕老。谁曾料在半途中反悔了，又去投到别人的怀抱。你对我矜持自己的美丽，向我炫耀你的美貌。和我的约定不能守信，为什么还对我发怒？想找机会自我反省，心里却扑腾乱跳不敢讲。悲叹犹豫着还想进言，创伤又使我心惊胆战。

【原文】

兹历情以陈辞兮，荪详聋而不闻。固切人之不媚兮，众果以我为患。初吾所陈之耿著兮，岂至今其庸亡？何毒药之謇謇兮，愿荪美之可完。望三五以为像兮，指彭咸以为仪。夫何极而不至兮，故远闻而难亏。善不由外来兮，名不可以虚作。

【译文】

只能向你诉说衷肠，你假装聋子不听。向来正直的人不谄媚，我才被看成眼中钉。当初我讲得很清楚，难道你今天忘记了吗？为什么我喜欢忠言直谏？愿你的美德更显光明。以三皇五帝为榜样，我却把彭咸当作榜样。有了目标还怕达不到？所以美名远扬也难破坏。善不是外来的，名不是虚传的。

【原文】

　　孰无施而有报兮，孰不实而有获？少歌曰：与美人抽怨兮，并日夜而无正。憍吾以其美好兮，敖朕辞而不听。倡曰：有鸟自南兮，来集汉北。好姱佳丽兮，牉独处此异域。既茕独而不群兮，又无良媒在其侧。道卓远而日忘兮，愿自申而不得。望北山而流涕兮，临流水而太息。望孟夏之短夜兮，何晦明之若岁！惟郢路之辽远兮，魂一夕而九逝。曾不知路之曲直兮，南指月与列星。愿径逝而未得兮，魂识路之营营。何灵魂之信直兮，人之心不与吾心同！理弱而媒不通兮，尚不知余之从容。

　　乱曰：长濑湍流，溯江潭兮。狂顾南行，聊以娱心兮。轸石崴嵬，蹇吾愿兮。超回志度，行隐进兮。低徊夷犹，宿北姑兮。烦冤瞀容，实沛徂兮。愁叹苦神，灵遥思兮。路远处幽，又无行媒兮。道思作颂，聊以自救兮。忧心不遂，斯言谁告兮。

【译文】

　　没有出力如何有报酬，没有播种如何有收获？副歌：我对美人抒发感情，白天黑夜都没人作证。她却坚持自己的美貌，傲慢地不听我的忠言。又唱：有鸟从南方飞来，集聚到汉北的树上。看它是多绚丽，却独自流落异乡。举目无亲，独自来往，又没有良媒在旁边。归程遥远，日益淡忘了，表白苦衷却不能讲。望着北山而泪流满面，看着流水而叹息。初夏的夜晚本来很短，怎么会度夜如年！到郢都的道路还很遥远，灵魂一夜间来回九遍。不知道路的曲直，南面对着月亮与星星。想直接到达又没有路，只有灵魂认得路。灵魂多么正直守信用呀，别人的心思和我却不同！道理不正，道路又不通，谁又知道我的宽阔胸怀。

尾声：长的浅滩急的流水，逆流弄舟楫。急忙看着四周向南行，只是心灵的宽慰。怪石耸立，差点碰到石壁。究竟南渡抑北回？迟疑进退之心。徘徊在歧路上，投宿到北姑。愁眉蹙额心烦冤，苦于颠沛流离无处还。忧愁叹息神憔悴，灵魂想高飞。路远而地幽，谁又来做媒。想要咏诗抒心扉，只为自己解愁闷。忧心却不离开，这些话又能向谁说？

【简析】

"结微情以陈词兮，矫以遗夫美人。"屈原在这里朝思暮想的这个"美人"可不是一个女子，而是楚怀王。楚怀王二十五年，屈原流浪至汉北。秦楚复合，与屈原谋划相反，

而奸人必有谗言害之，避地汉北，当有不得已之情在，故本篇中也有欲归而不得之意。

怀沙

【原文】

滔滔孟夏兮，草木莽莽。伤怀永哀兮，汩徂南土。眴兮杳杳，孔静幽默。郁结纡轸兮，离慜而长鞠。抚情效志兮，冤屈而自抑。刓方以为圜兮，常度未替。易初本迪兮，君子所鄙。章画志墨兮，前图未改。内厚质正兮，大人所盛。巧倕不斫兮，孰察其拨正。玄文处幽兮，矇瞍谓之不章。

【译文】

初夏时节水滔滔，湘水两岸草木高。胸怀感伤仰天叹，小舟逆行向南方。遥遥远视何苍苍，万籁俱寂心彷徨。忧伤郁结实难忘，遭受创痛末路旁。回思情志及理想，虽感冤屈又何妨？变方为圆，志向坚定。改弦更张，君子鄙夷。遵守绳墨，不易前志。内心淳厚本质方正，圣贤大德如阳之盛。巧倕灵通不曾运斧，怎知他合乎端正？墨纹隐在幽暗处，瞎子也说它不明。

【原文】

离娄微睇兮，瞽以为无明。变白以为黑兮，倒上以为下。凤皇在笯兮，鸡鹜翔舞。同糅玉石兮，一概而相量。夫惟党人鄙固兮，羌不知余之所臧。任重载盛兮，陷滞而不济。

楚辞经典

〇八五

怀瑾握瑜兮，穷不知所示。邑犬群吠兮，吠所怪也。非俊疑杰兮，固庸态也。文质疏内兮，众不知余之异采。材朴委积兮，莫知余之所有。

【译文】

　　离娄睁眼微视，有人说他没眼睛。硬将白色说成黑，高处颠倒成低处。凤凰困在笼里，鸡鸭既舞又飞。玉石杂糅在一起，一概等同不加区分。只因党人的鄙陋，哪知我本质为善。责任重而负载多，船行陷滞难以为济。怀抱瑾手握玉，穷途末路献给谁。村犬群起吠叫，那是少见多怪。谤议俊才和雄杰，固是庸人之态。外表文静内质通达，俗人岂知我的异禀。才学丰富不被任用，谁也不知我的本领。

【原文】

　　重仁袭义兮，谨厚以为丰。重华不可遻兮，孰知余之从容！古固有不并兮，岂知何其故？汤禹久远兮，邈而不可慕。惩连改忿兮，抑心而自强。离愍而不迁兮，愿志之有像。进路北次兮，日昧昧其将暮。舒忧娱哀兮，限之以大故。

　　乱曰：浩浩沅湘，分流汩兮。修路幽蔽，道远忽兮。怀质抱情，独无匹兮。伯乐既没，骥焉程兮。万民之生，各有所错兮。定心广志，余何畏惧兮？曾伤爰哀，永叹喟兮。世溷浊莫吾知，人心不可谓兮。知死不可让，愿勿爱兮。明告君子，吾将以为类兮。

【译文】

　　重视仁义的修养，以谦谨淳厚为丰足。重华遥遥不可逆寻，谁可察知我的内心！古圣贤不并世而生，谁能知道其中原因？商汤和夏禹也已久远，邈远不见真容。接受教训不容发怒，抑制心志发奋自强。遭受谤伤而不改志向，只想有圣贤做榜样。前进的路上暂且小驻，太阳黯淡天色将暮。舒展心境排遣忧虑，人生有限何必固执。

　　尾声：浩浩沅湘水，分道流汩汩。长路已幽蔽，道远飘忽忽。怀质而抱情，人间独无匹。伯乐既已死，良马哪可识。人生各有命，星辰名有位。定心而广志，我心有何畏？徒增悲和哀，久久长感喟。世乱谁知我？人心不可述。知死不可避，宁死不爱惜。明告古君子，将引为同类。

楚辞经典

〇八八

屈原思楚王

　　《怀沙》是屈原的绝命辞。为了国家和民族的振兴，屈原奋斗了一生，但是，得到的结果却是山河破碎，理想毁灭，个人也处于贫病交迫之中，因此只好以死来殉自己崇高的理想，并以此来震撼楚国民心，给楚国腐朽贵族集团以重重的一击，其精神为千秋万代树立了光辉的榜样。在做出最终的选择以后，诗人一方面再次申述自己志向不可改，一方面以更为愤慨的语言指斥楚国政治的昏乱，表现出对俗世庸众的极度蔑视。"邑犬群吠兮，吠所怪也。非俊疑杰兮，固庸态也。"他甚至把众人对他的压迫，比作群犬乱吠。诗最后说道："知死不可让，愿勿爱兮。明告君子，吾将以为类兮。""类"有今所谓"榜样"的意思。诗人希望世人能够从自己的自杀中，看到为人的原则。

思美人

【原文】

　　思美人兮，揽涕而伫眙。媒绝路阻兮，言不可结而诒。蹇蹇之烦冤兮，陷滞而不发。申旦以舒中情兮，志沉菀而莫达。愿寄言于浮云兮，遇丰隆而不将。因归鸟而致辞兮，羌宿高而难当。高辛之灵盛兮，遭玄鸟而致诒。欲变节以从俗兮，愧易初而屈志。独历年而离愍兮，羌冯心犹未化。宁隐闵而寿考兮，何变易之可为！知前辙之不遂兮，未改此度。车既覆而马颠兮，蹇独怀此异路。勒骐骥而更驾兮，造父为我操之。迁逡次而勿驱兮，聊假日以须时。指嶓冢

之西隈兮，与缥黄以
为期。

　　思念君王啊，
我拭泪伫望。信使
断绝道路阻隔，进
忠的言语难以呈上。
忠直进谏引人烦闷，

玄鸟

犹如船儿陷滞难以进发。终日借以舒展衷情，沉结之志无
由上达。但愿寄情于浮云，遇到丰隆他不愿带信。借归鸟
前往呈辞，它高飞迅疾难以相逢。高辛氏之灵如日炽盛，
遇上玄鸟为他表心意。本想变节而屈从世俗，却又为变易
初志而心怀惭愧。独自多年蒙受诟病，所幸凭心处事未曾
转化。宁可隐没以终天年，怎能做轻率变节的行为！料知
遵循前贤不能遂愿，内心坚定不改此度。车已翻覆马已颠
仆，独自坚持这条异路。勒住骐骥更换车驾，令造父为我
御车。进退反复且勿前行，聊借天日等待时机。指望开向
嶓冢山隈，约好黄昏之时作为佳期。

【原文】

　　开春发岁兮，白日出之悠悠。吾将荡志而愉乐兮，遵
江夏以娱忧。攓大薄之芳茝兮，搴长洲之宿莽。惜吾不及
古人兮，吾谁与玩此芳草？解萹薄与杂菜兮，备以为交佩。
佩缤纷以缭转兮，遂萎绝而离异。吾且儃佪以娱忧兮，观
南人之变态。窃快在其中心兮，扬厥凭而不竢。芳与臭其
杂糅兮，羌芳华自中出。纷郁郁其远承兮，满内而外扬。

○九○

情与质信可保兮，羌居蔽而闻章。令薜荔以为理兮，惮举趾而缘木。因芙蓉而为媒兮，惮褰裳而濡足。登高吾不说兮，入下吾不能。固朕形之不服兮，然容与而狐疑。广遂前画兮，未改此度也。命则处幽，吾将罢兮，愿及白日之未暮。独荣荣而南行兮，思彭咸之故也。

登高吾不说兮

开春时节一岁之首，日出东方光耀悠悠。欲乘良机纵情娱乐，沿着江夏之水排遣忧愁。采集了泽薮的芳芷，揽举着长洲的宿莽。只惜不及与古人同世，能与谁同赏芳草？解下蒻薄和杂菜，准备日后交相戴佩。满身的花草缤纷缭绕，枯萎凋零的随时抛弃。姑且徘徊安慰忧伤之心，静观南国人民非正常的情态。私下畅快乐在心中，扬弃初志不欲等待。香花与野草混杂一体，美花露出恶草之外。芳香播撒沁人心脾，中心盈满往外发扬。内质外情真俱不受损，居处偏僻声名显彰。令薜荔作为媒理，又怕其举足俱不受损。令芙蓉作为媒理，又怕其淌水将足沾湿。登高而望我心不悦，返归而思我难久住。我的形体不服水土，满心犹豫狐疑不决。广泛回思从前的志向，到死不愿改变

初衷。命中处幽，身体疲弊，愿及未暮及时娱心。形只影
单恨怆南行，只想将先贤彭咸遵从。

　　《思美人》和《抽思》的写作时间相隔不远，两篇作品
表达的思想感情一脉相承而又小有区别，两篇中诗人矛盾的
心情皆贯穿全篇，但《抽思》的笔墨落在抒写忧思上，《思
美人》的笔墨落在排遣忧思上，却又不能从思想上排除忧
思。诗人的情绪似乎有点沮丧，大呼："愿浮云为我捎信，
云师却不肯讲情。托鸿鸟为我传书，鸿高飞而不应命。"要
他变节随俗，他决不肯干；他明明知道正道走不通，但他决
不走歪路。他胸中的愤怒有增无减。这一切是谁造成的呢？
毫无疑问，是他日夜思念的那位"美人"。

惜往日

【原文】

　　惜往日之曾信兮，受命诏以昭诗。奉先功以照下兮，
明法度之嫌疑。国富强而法立兮，属贞臣而日娭。秘密事
之载心兮，虽过失犹弗治。心纯厖而不泄兮，遭谗人而嫉之。
君含怒而待臣兮，不清澈其然否。蔽晦君之聪明兮，虚惑
误又以欺。

【译文】

　　痛惜啊我曾受到信任，秉承王命欲使政治清明。依靠
先王的业绩治理天下，法度明确无疑可存。国家富强法纪

立定，臣下忠贞普天太平。国事重大时时操心，虽有小失可免严惩。心地仁厚不泄机密，反而遭受谗人嫉妒。君王大怒责备为臣，不愿辨清是非曲直。君王耳目既受遮蔽，虚惑纷扰备受蒙欺。

【原文】

弗参验以考实兮，远迁臣而弗思。信谗谀之溷浊兮，盛气志而过之。何贞臣之无罪兮，被离谤而见尤。慙光景之诚信兮，身幽隐而备之。临沅湘之玄渊兮，遂自忍而沉流？卒没身而绝名兮，惜壅君之不昭。君无度而弗察兮，使芳草为薮幽。焉舒情而抽信兮，恬死亡而不聊。独鄣壅而蔽隐兮，使贞臣为无由。

【译文】

不肯考察检验实情，将我远放不加深思。谗言阿谀使君混沌，盛气之下强加罪过。为何忠贞而无错，反遭诽谤受指责？愧对阳光多么的诚信，暂且隐身幽暗而避祸。面临湘沅二水的深渊，我怎忍下决心赴水而亡？哪管最终名随身去，只惜君王再难清醒。君王失算不察根由，致使芳草深处泽薮之幽。何处能够伸张正义，安然死去吧不愿偷生。只是君王受欺忠臣遁隐，使我无由表达烦愁。

【原文】

闻百里之为虏兮，伊尹烹于庖厨。吕望屠于朝歌兮，宁戚歌而饭牛。不逢汤武与桓缪兮，世孰云而知之？吴信谗而弗味兮，子胥死而后忧。介子忠而立枯兮，文君寤而追求。封介山而为之禁兮，报大德之优游。思久故之亲身兮，因缟素而哭之。

【译文】

听说百里奚曾为俘虏，伊尹曾在厨房为奴。吕望鼓刀在朝歌，宁戚哼着曲儿喂牛。假使不逢汤、武、桓、穆，世人谁知他们的英名？吴王夫差信谗而不辩，伍子胥死后顿生亡国之忧。介子推忠直却抱树烧死，晋文公醒悟

百里奚

方才追求。封赠介山严禁烟火，回报大恩多么自在。思念故旧的亲身经历，因此身穿缟素而哭吊。

【原文】

或忠信而死节兮，或讹谩而不疑。弗省察而按实兮，听谗人之虚词。芳与泽其杂糅兮，孰申旦而别之？何芳草之早夭兮，微霜降而下戒。谅聪不明而蔽壅兮，使谗谀而日得。自前世之嫉贤兮，谓蕙若其不可佩。妒佳冶之芬芳兮，嫫母姣而自好。虽有西施之美容兮，谗妒人以自代。愿陈情以白行兮，得罪过之不意。情冤见之日明兮，如列宿之错置。乘骐骥而驰骋兮，无辔衔而自载。乘氾泭以下流兮，无舟楫而自备。背法度而心治兮，辟与此其无异。宁溘死而流亡兮，恐祸殃之有再。不毕辞而赴渊兮，惜壅君之不识。

　　有的人为忠信之节而死，有的人欺诈而不受怀疑。不曾细察而考求实际，宁可听信谗人的虚辞。芳草与污垢杂糅为一体，谁可天天细心辨别？为何芳草这样早衰？只因为对微霜不曾有戒。委实是君王蒙受欺瞒，促使谗谀之言日益得逞。从来就是佞人嫉贤妒能，反说蕙茝不可佩戴。嫉妒其美色和芬芳，嫫母卖弄自吹自擂。虽有西施的美丽容颜，却加以谗妒之言自我取代。真想将真相自行表白，无故获罪真是意外。冤情历久日渐分明，犹如星宿自有安排。乘着骏马而任意奔驰，不用缰绳而徒手驾驭。乘着竹筏而顺水漂流，不用舟楫而毫无戒备。不守法度而自出心裁，与此相比而并无差异。宁愿速死而顺水漂流，只怕祸患随后又来。不曾倾诉完毕即刻投水，可惜君王终不明白。

西施

　　本篇痛念往日的生活，追述过去的遭遇。这首诗是屈原的绝笔是没有疑问的，篇末的"不毕辞而赴渊兮，惜壅君之不识"称得上是大怒之词，一面表示屈原即将投水，一面把矛头直指怀王，连同前句"卒没身而绝名兮，惜壅君之不昭"，屈原用极犀利极简省的文笔，给怀王画了个像，给怀王的一生做了个结论。楚国变成这样，屈原落到这般地步，百姓蒙受亡国灭亲的奇耻大辱，皆因怀王是个"壅君"，没有远见卓识，没有辨别忠奸和是非黑白的能力。一切都晚了，一切都完了，还有什么可说的呢？这首诗没写完，屈原再也写不下去。他冲出土屋，冲下大堤，怀石投江，遂了他多年来的"从彭咸之所居"的心愿。

橘 颂

橘徕服兮

【原文】

　　后皇嘉树，橘徕服兮。受命不迁，生南国兮。深固难徙，更壹志兮。绿叶素荣，纷其可喜兮。曾枝剡棘，圆果抟兮。青黄杂糅，文章烂兮。精色内白，类可任兮。纷缊宜修，姱而不丑兮。

　　嗟尔幼志，有以异兮。独

立不迁，岂不可喜兮？深固难徙，廓其无求兮。苏世独立，横而不流兮。闭心自慎，不终失过兮。秉德无私，参天地兮。愿岁并谢，与长友兮。淑离不淫，梗其有理兮。年岁虽少，可师长兮。行比伯夷，置以为像兮。

【译文】

橘啊，你这天地间的佳树，生下来就适应当地的水土。你的品质坚贞不变，生长在江南的国度啊。根深蒂固难以迁移，那是由于你专一的意志啊。绿叶衬着白花，繁茂得让人欢喜啊。枝儿层层，刺儿锋利，圆满的果实啊。青中闪黄，黄里带青，色彩多么绚丽啊。外观精美内心洁净，类似有道德的君子啊。长得繁茂又美观，婀娜多姿毫无瑕疵啊。

啊，你幼年的志向，就与众不同啊。独立特行永不改变，怎不使人敬重啊？坚定不移的品质，你心胸开阔无所私求啊。你远离世俗独来独往，敢于横渡而不随波逐流啊。小心谨慎从不轻率，自始至终不犯过失啊。遵守道德毫无私心，真可与天地相比啊。愿在万物凋零的季节，我与你结成知己啊。内善外美而不放荡，多么正直而富有条理啊。你的年纪虽然不大，却可做人们的良师啊。品行好比古代的伯夷，种在这里做我的榜样啊。

【简析】

橘是荆楚地带著名的土特产；颂是称颂，赞美的意思。作品用拟人化的手法，细致描绘橘树的灿烂夺目的外表，和"深固难徙"的品质，以表现自我优异的才华、高尚的品格，和眷恋故土、热爱祖国的情怀。在描写过程中，诗人既

楚辞经典

不黏滞于作为象征物的橘树本身，又没有脱离其基本特征，从而为后世咏物诗的创作开辟了一条宽广的道路。

悲回风

【原文】

悲回风之摇蕙兮，心冤结而内伤。物有微而陨性兮，声有隐而先倡。夫何彭咸之造思兮，暨志介而不忘！万变其情岂可盖兮，孰虚伪之可长！鸟兽鸣以号群兮，草苴比而不芳。鱼葺鳞以自别兮，蛟龙隐其文章。故荼荠不同亩兮，兰茝幽而独芳。惟佳人之永都兮，更统世而自贶。眇远志之所及兮，怜浮云之相羊。介眇志之所惑兮，窃赋诗之所明。惟佳人之独怀兮，折若椒以自处。

【译文】

悲悼旋风摇落了蕙草，心中冤屈啊令我伤心。秋物已损伤了本性，秋声虽小已显出萧瑟之声。彭咸殉志多么伟大，节操高尚令我难忘！虚情万变不可掩盖，虚伪欺人哪能久长！鸟兽悲号追寻种群，花香在秋风中灭迹消踪。鱼儿齐鳞显示不同，蛟龙潜渊将光彩深隐。荼荠异性不栽一亩之中，兰茝僻处而独自芳芬。只有贤哲美如佳人，秉承家德厚养兰茝之心。心儿远怀上古圣贤，就像爱怜安详的浮云。先贤的高节令我感动，悄然赋诗将心迹表明。只有远古的贤人，秉持芳草独自而处。

曾歔欷之嗟嗟兮，独隐伏而思虑。涕泣交而凄凄兮，思不眠以至曙。终长夜之曼曼兮，掩此哀而不去。寤从容以周流兮，聊逍遥以自恃。伤太息之愍怜兮，气于邑而不可止。纟思心以为纕兮，编愁苦以为膺。折若木以蔽光兮，随飘风之所仍。存髣髴而不见兮，心踊跃其若汤。抚珮衽以案志兮，超惘惘而遂行。岁忽忽其若颓兮，时亦冉冉而将至。

【译文】

涕泗滂沱久久叹息，孤身隐伏再三思虑。涕泣并下凄凄伤心，忧思难眠直至黎明。漫漫秋夜似无穷尽，天亮掩哀仍不自胜。惊醒而起从容信步，姑且逍遥自慰我心。伤怀叹息哀怜不已，气息哽咽难掩悲情。将这悲情织成荷包，把愁苦编成护胸。折一枝若木遮蔽晨光，身影在晨风中飘忽如云。往事仿佛再已不见，心儿却似开水般跳动。手持珮衽抑制悲情，迈步忽忽怅惘而行。岁月匆匆颓状消逝，衰年冉冉好似冬临。

【原文】

薠蘅槁而节离兮，芳以歇而不比。怜思心之不可惩兮，证此言之不可聊。宁逝死而流亡兮，不忍为此之常愁。孤子吟而抆泪兮，放子出而不还。孰能思而不隐兮，照彭咸之所闻。登石峦以远望兮，路眇眇之默默。入景响之无应兮，闻省想而不可得。愁郁郁之无快兮，居戚戚而不可解。心鞿羁而不形兮，气缭转而自缔。

楚辞经典

　　菅枯槁枝节分离，芳香已息不难并生。哀怜的愁心不可惩治，要证谗言终不可信。宁可速死顺水而流，不忍此心常怀愁情。逐臣孤独吟诗拭泪，放逐而出终生不还。谁能愁身心不痛，愿效彭咸以广听闻。登上石峦遥遥远望，归路眇眇心中默默。如在无影无响之区，难闻乡人思念之情。情愁郁郁终日不快，居处戚戚如结不解。心思如羁难以开释，气息三转缠绕而结。

【原文】

　　穆眇眇之无垠兮，莽芒芒之无仪。声有隐而相感兮，物有纯而不可为。薆蔓蔓之不可量兮，缥绵绵之不可纡。愁悄悄之常悲兮，翩冥冥之不可娱。凌大波而流风兮，托彭咸之所居。上高岩之峭岸兮，处雌蜺之标颠。据青冥而摅虹兮，遂儵忽而扪天。吸湛露之浮源兮，漱凝霜之雰雰。依风穴以自息兮，忽倾寤以婵媛。冯昆仑以瞰雾兮，隐岷山以清江。惮涌湍之磕磕兮，听波声之汹汹。

【译文】

　　宇宙广穆浩瀚无边，天地莽莽广大无沿。声音相触尚有感应，物品纯洁却难生存。广远漫漫不可衡量，缥缈绵绵不可挽结。悄然惆怅啊令我常悲，愁思广漠难以舒心。登上波峰御风乘浪，寄身先贤彭咸的宫宇。攀上高山峭绝之岸，犹如处在长虹之巅。依据青天布展彩虹，似可随时触及苍天。吮吸清露感觉秋凉，含漱凝霜吐纳纷散。暂据风巢聊以休息，忽然惊醒悄然伤心。靠着昆仑俯看澄雾，倚定岷山细察清江。奔流急湍叩石相击，惊听波涛气势汹汹。

纷容容之无经兮，罔
芒芒之无纪。轧洋洋之无
从兮，驰委移之焉止。漂
翻翻其上下兮，翼遥遥其
左右。氾潏潏其前后兮，
伴张弛之信期。观炎气之
相仍兮，窥烟液之所积。
悲霜雪之俱下兮，听潮水
之相击。借光景以往来兮，
施黄棘之枉策。求介子之
所存兮，见伯夷之放迹。

伯夷

心调度而弗去兮，刻著志之无适。曰：吾怨往昔之所冀兮，
悼来者之愁愁。浮江淮而入海兮，从子胥而自适。望大河
之洲渚兮，悲申徒之抗迹。骤谏君而不听兮，重任石之何益。
心结结而不解兮，思蹇产而不释。

【译文】

波涛纷纷不可经营，混然茫茫难以清醒。汪洋恣肆
无所依归，徘徊不定何处可止？漂泊翻动上下沉浮，双臂
如翼轻轻摆动。洄流滚滚前后相继，伴随潮汐涨落之信。
仰观炎气热浪频频，俯窥烟波叠叠层层。波涛如霜轰然俱
下，耸听潮水砰砰作声。借光景东西往来，黄棘做鞭见证
古今。追求介子的绵山遗迹，曾见伯夷首阳的遗存。心情

反复不忍离去，刻骨铭心仍难适我心。说多么怨恨往昔的希冀，悲悼未来怨情难平。浮江淮之波直达大海，追随伍子胥而自安其心。遥望天河之中的沙洲，悲叹申徒光明的心迹。反复谏君不予听从，抱石自沉又有何益。心思凝结不可解脱，抑抑郁郁终难冰释。

【简析】

　　这是一首愤世嫉俗的作品，也是一首绝妙

介子推守志隐山林

的抒情诗。回风即旋风，旧注指谗佞，看来不单指谗佞，更多是指那个腐朽的社会及其最高的统治者。在《九章》的其他各篇中，诗人一般都采用抒情和叙事相结合的方法，唯独这首《悲回风》，诗人以其沉痛的心情，反复抒发内心的情感，所谓"愤怒出诗人""发愤以抒情"，在这首诗中得到充分的体现。

楚辞经典

卜居

【释题】

　　"卜居"即求神问卜之居所,通过占卜决定事情。虽然对于本篇的作者是谁,历来有很大争议,但是王逸的一段话很好地明确了本篇的作者及主旨这两个问题。王逸说:"《卜居》者,屈原之所作也。屈原履忠贞之性,而见嫉妒。念谗佞之臣,承君顺非,而蒙富贵。已执忠直,而身放弃,心迷意惑,不知所为。乃往至太卜之家,稽问神明,决之蓍龟,卜已居世何所宜行,冀闻异策,以定嫌疑。故曰《卜居》也。"

【原文】

　　屈原既放，三年不得复见。竭知尽忠，而蔽鄣于谗。心烦虑乱，不知所从。往见太卜郑詹尹曰："余有所疑，愿因先生决之。"詹尹乃端策拂龟，曰："君将何以教之？"屈原曰："吾宁悃悃款款朴以忠乎？将送往劳来斯无穷乎？宁诛锄草茅以力耕乎？将游大人以成名乎？宁正言不讳以危身乎？将从俗富贵以媮生乎？宁超然高举以保真乎？将呢訾栗斯，喔咿儒儿以事妇人乎？宁廉洁正直以自清乎？将突梯滑稽，如脂如韦，以洁楹乎？宁昂昂若千里之驹乎？将氾氾若水中之凫乎，与波上下，偷以全吾躯乎？宁与骐骥亢轭乎？将随驽马之迹乎？宁与黄鹄比翼乎？将与鸡鹜争食乎？此孰吉孰凶？何去何从？世溷浊而不清，蝉翼为重，千钧为轻；黄钟毁弃，瓦釜雷鸣；谗人高张，贤士无名。吁嗟默默兮，谁知吾之廉贞！"詹尹乃释策而谢，曰："夫尺有所短，寸有所长，物有所不足，智有所不明，数有所不逮，神有所不通。用君之心，行君之意，龟策诚不能知事。"

骐骥亢轭

【译文】

　　屈原已经被放逐，三年都没能够再见到楚王。屈原为国家竭尽才智，忠心耿耿，却因为谗言而使行事受到阻挠。他心中烦闷，思绪混乱，不知道如何是好。于是屈原

楚辞经典

一〇五

诛锄草茅以力耕

楚辞经典

前去拜访太卜郑詹尹，向他问道："我有一些疑虑的事情，希望先生可以为我判断一下。"詹尹便将占卜用的蓍草整齐地摆好，拂净龟甲，说："您想问什么事？"屈原说："我应该诚恳勤勉、质朴而忠诚呢，还是迎来送往，无休止地应酬、周旋呢？我是锄草翻地，努力耕种呢，还是游走在权贵之间，以求获取功名？我应该不顾自身安危，直言不讳地进谏呢，还是随从世俗，追求富贵却无所作为地生活？我应该遗世独立，远离尘嚣，纯真地生活，还是阿谀奉承，强颜欢笑地去侍奉高贵的妇人？我应该清廉高洁、正直清白地做人，还是圆滑随俗，像油脂般滑腻、牛皮般柔软地邀宠求荣？我应该像日行千里的骏马志行高远，还是似水中的般野鸭漂浮不定、随波逐流？我应该与骏马并驾齐驱，还是踏上劣马走过的道路？我应该与黄鹄比翼飞翔呢，还是去和鸡鸭夺食？这些事情哪个吉利，哪个凶险？哪些应该舍弃，哪些可以遵从？这世道浑浊不明，是非不清，薄薄的蝉翼说得那样重，千钧之物却看得那么轻；声音响亮的黄钟被毁坏抛弃，陶质的锅这般鄙俗的物品却被当作乐器敲得如雷轰鸣；奸谗小人官居高位，嚣张跋扈，贤能的人士默默无名，不被重视。唉，不想再说下去了，有谁知道我的廉洁忠贞！"

詹尹于是放下蓍草，辞谢

屈原见郑詹尹

说："一尺虽然长但也有嫌它短的时候，一寸虽然短却也有嫌它长的地方，万物都有它的不足之处，再有智慧的人也会有不懂的道理。术数有推算不到的地方，神灵也有力不能及的事。您就遵循自己的心意，按照自己的心意去行事吧，您的这些问题，我实在是无法用龟甲和蓍草为您推算出来。"

【简析】

本文全篇采用散文的笔法进行叙述，借由占卜问卦的形式来表述作者崇高的人生志向与不愿和世俗同流合污的决心。文中所用的问答方式，因被视为后世辞赋杂文宾主问答体的滥觞而备受称颂。

蓍草

文中，屈原一连提出十几个问题，向太卜郑詹尹卜询问该如何选择处世方式。屈原虽然不断地提出问题，但实际上他的心中早有取舍。他通过这些问话向世人表达了他对黑暗现实的愤怒和抵抗，对真美善的坚持，对保持着正确人生态度的人所遭遇的困境的惋惜之情。全文最后，郑詹尹用"夫尺有所短，寸有所长，物有所不足，智有所不明"的回答开导，并安慰心中烦闷的屈原，告诉他做事应该遵循内心的声音，按照自己心中最真实的意愿去行动，这样便可以自然而然地寻找到解决方法和人生出路。郑詹尹的回答富有哲理，值得我们深入且认真地进行思考。

【释题】

本篇叙述了一段富于哲理的故事，从中可以看到屈原出淤泥而不染的崇高气节。

屈原既放，游于江潭，行吟泽畔，颜色憔悴，形容枯槁。渔父见而问之曰："子非三闾大夫与？何故至于斯？"屈原曰："举世皆浊我独清，众人皆醉我独醒，是以见放。"渔父曰："圣人不凝滞于物，而能与世推

三闾大夫卜居渔父

移。世人皆浊，何不淈其泥而扬其波？众人皆醉，何不铺其糟而歠其醨？何故深思高举，自令放为？"屈原曰："吾闻之：新沐者必弹冠，新浴者必振衣。安能以身之察察，受物之汶汶者乎？宁赴湘流，葬于江鱼之腹中。安能以皓皓之白，而蒙世俗之尘埃乎？"渔父莞尔而笑，鼓枻而去。歌曰："沧浪之水清兮，可以濯吾缨；沧浪之水浊兮，可以濯吾足。"遂去，不复与言。

【译文】

屈原被放逐之后，在江湖间游荡，沿着水边边走边唱，脸色憔悴，形容枯槁。渔父看到屈原便问他说："您不就是三闾大夫吗？为什么会落到这种地步？"屈原说："世上全都肮脏只有我干净，个个都醉了唯独我清醒，因此被放逐。"渔父说："通达事理的人对客观时势不拘泥执着，而能随着世道变化推移。既然世上的人都肮脏龌龊，您为什么不推波助澜使那泥水弄得更混浊？既然个个

都沉醉不醒，您为什么不也跟着吃那酒糟喝那酒汁？为什么您偏要忧国忧民行为与众不同，使自己落得被放逐的下场呢？"屈原说："我听过这种说法：刚洗过头的人一定要弹去帽子上的尘土，刚洗过澡的人一定要抖净衣服上的泥灰。哪里能让洁白的身体去接触污浊的外物？我宁愿投身湘水，葬身在江中鱼鳖的肚子里。怎么能让玉一般的东西去蒙受世俗尘埃的沾染呢？"渔父微微一笑，拍打着船板离屈原而去。口中唱道："沧浪水清啊，可用来洗我的帽缨；沧浪水浊啊，可用来洗我的双足。"便离开了，不再和屈原说话。

【简析】

开篇呈现在读者面前的，是这样一幅景象：茫茫旷野，滔滔江流，无边无际的苍穹之下，一个疲惫不堪的旅人在踽踽独行。身经漫长的流放生涯，内心负荷着忧国忧民的巨大痛苦，这位正直的忠臣，早已"颜色憔悴，形容枯槁"了。然而，即使来到这荒无人迹的江畔，他也不息于吟唱——他要唱出自己的忠贞、不幸、愤怒和哀伤。此时此刻，屈原是多么需要一位知音，来倾听他那字字血泪的心声啊！这时，诗篇中另一位人物——那超脱旷达的渔父——飘然出现在屈原面前。

通过两者的问答，表现出屈原"宁赴湘流，葬于江鱼之腹中，安能以皓皓之白，而蒙世俗之尘埃乎"的决心。面对这坚如磐石的决心，任何语言都是多余的了。

渔父飘然而来，又倏然而逝，留下千古的感慨，让一代又一代读者去咀嚼。

九辩

【释题】

　　《九辩》是宋玉所写的长篇抒情诗。"九辩"本是古代一种民间乐调，演奏时会反复回唱多遍。诗人运用这种乐调形式来抒怀，写他在政治上受到权贵的排挤而郁郁不得志的心情和生活上的穷困潦倒，以及他不肯与世俗同流合污的思想感情。这首诗的写法无疑受到《离骚》等作品的影响。但它有自己突出的成就，这就是通篇写景同时又通篇写悲秋之情，情景浑然一体，且创造出完整的意境以展现自己的怀抱。其中有不少悲秋的名句，对后世影响极大。

　　悲哉秋之为气也！萧瑟兮草木摇落而变衰。憭慄兮若在远行。登山临水兮送将归。泬寥兮天高而气清。寂寥兮收潦而水清。憯悽增欷兮薄寒之中人。怆怳懭悢兮，去故而就新。坎廪兮贫士失职而志不平。廓落兮羁旅而无友生。惆怅兮而私自怜。燕翩翩其辞归兮，蝉寂漠而无声。雁廱廱而南游兮，鹍鸡啁哳而悲鸣。独申旦而不寐兮，哀蟋蟀之宵征。时亹亹而过中兮，蹇淹留而无成。

【译文】

　　可悲呀，秋天的气氛！萧萧瑟瑟，草木飘零凋落。凄凄凉凉，好像远走的人。登上高山对着流水，送别故人返回。旷荡空灵，天高云淡空气清爽。寂静寥廓，秋天的江水清澈。秋天多有叹息成愁，秋风袭人使人感到寒冷。惆怅悲愤，喜新厌旧。历程艰难，失去职务的贫寒之士却叫人心志不平。孤孤单单，远在他乡没有朋友。感到

登山临水兮送将归

惆怅，于是独自哀怜。燕子告辞翩然飞去，蝉寂寞停止鸣叫。雁成群向南飞去，鹍鸡叫声悲凉。睡不着觉独自到天明，可叹蟋蟀在夜间争斗。随时间流逝而中年已过，事业停在那里没有成就。

【原文】

悲忧穷戚兮独处廓，有美一人兮心不绎。去乡离家兮徕远客，超逍遥兮今焉薄？专思君兮不可化，君不知兮可奈何！蓄怨兮积思，心烦憺兮忘食事。愿一见兮道余意，君之心兮与余异。车既驾兮朅而归，不得见兮心伤悲。倚结轸兮长太息，涕潺湲兮下沾轼。忼慨绝兮不得，中瞀乱兮迷惑。私自怜兮何极，心怦怦兮谅直。

有美一人兮心不绎

【译文】

悲伤非常心中空荡，有一位美人心情不顺畅。离开家乡在远方做客，游荡无依不知飘到何方？专心为君主办事不动摇，君王却不知道怎么办！每天思考天天积怨，心情烦躁常常忘记吃饭。想见一面说说心里话，君王的心事与我不同。驾好了车去了又回来，没有见到君王心里伤悲。靠着车窗空叹息，眼泪流下沾湿了车轼。愤激不平而坚决却做不到，心里迷惑烦乱。独自可怜自己的处境，忠心耿耿在胸中。

【原文】

皇天平分四时兮，窃独悲此廪秋。白露既下百草兮，奄离披此梧楸。去白日之昭昭兮，袭长夜之悠悠。离芳蔼之方壮兮，余萎约而悲愁。秋既先戒以白露兮，冬又申之以严霜。收恢台之孟夏兮，然欿傺而沉藏。叶菸邑而无色兮，枝烦挐而交横；颜淫溢而将罢兮，柯彷佛而萎黄；萷櫹椮之可哀兮，形销铄而瘀伤。惟其纷糅而将落兮，恨其失时而无当。揽騑辔而下节兮，聊逍遥以相佯。岁忽忽而遒尽兮，恐余寿之弗将。悼余生之不时兮，逢此世之俇攘。澹容与而独倚兮，蟋蟀鸣此西堂。心怵惕而震荡兮，何所忧之多方！卬明月而太息兮，步列星而极明。

【译文】

　　皇天将一年分为四季，暗自悲叹这凛凛寒秋。白露下降侵袭百草，一时间凋零了梧楸。明亮的太阳从西落下，继之以长夜漫漫悠悠。夏日的绿草不再繁盛，枯叶飘飘令我悲愁。秋来时已用白露警示，初冬又加上冷峻的严霜。收起孟夏的浓阴肥绿，枯枝落叶在深冬潜藏。树叶失去动人的光泽，树干纷纷然纵横交错；绿色褪尽树叶凋落，黯迹斑斑干枯萎黄。树梢萧森令人悲哀，树身斑驳又似瘀伤。想到梧楸纷纷飘落，哀叹它们生时不当。收住缰绳停下马鞭，暂且在此徘徊徜徉。一年匆匆已将逝去，我的寿命恐难延长。悲悼此生不逢佳时，遭遇时势纷纷攘攘。淡泊从容高傲独立，唯闻蟋蟀鸣叫西堂。内心惊惧魂魄震荡，为何忧惧悲愁万方！仰望明月浩叹不息，星夜独步极星明亮。

蟋蟀鸣此西堂

【原文】

窃悲夫蕙华之曾敷兮，纷旖旎乎都房。何曾华之无实兮，从风雨而飞飏？以为君独服此蕙兮，羌无以异于众芳。闵奇思之不通兮，将去君而高翔。心闵怜之惨凄兮，愿一见而有明。重无怨而生离兮，中结轸而增伤。岂不郁陶而思君兮？君之门以九重。猛犬狺狺而迎吠兮，关梁闭而不通。皇天淫溢而秋霖兮，后土何时而得漧？块独守此无泽兮，仰浮云而永叹。

【译文】

暗自悲伤蕙花也曾经怒放，缤纷开放在花房中。为什么开了花却不结果，花瓣随风雨飘落？以为君独自赏蕙花，可在他眼里蕙花与众花没什么不同。可怜好的思路不被采纳，我将离开君主高高飞翔。心里常常感到悲伤可怜。只想见了面说明白。从来都无辜却被放逐，心中郁结徒增悲伤。难道是对君王的思念不够浓？宫廷有九重大门。有狂犬迎面吠叫，宫门紧闭不让进去。天上秋雨下个不停，土地什么时候才能干？独自一人空守沼泽，仰看着浮云而叹息。

【原文】

何时俗之工巧兮，背绳墨而改错！却骐骥而不乘兮，策驽骀而取路。当世岂无骐骥兮？诚莫之能善御。见执辔者非其人兮，故骓跳而远去。凫雁皆唼夫粱藻兮，凤愈飘翔而高举。圜凿而方枘兮，吾固知其鉏铻而难入。众鸟皆有所登栖兮，凤独遑遑而无所集。愿衔枚而无言兮，尝被君之渥洽。太公九十乃显荣兮，诚未遇其匹合。谓骐骥兮安归？谓凤皇兮安栖？变古易俗兮世衰，今之相者兮举肥。骐骥伏匿而不见兮，凤皇高飞而不下。鸟兽犹知怀德兮，何云贤士之不处？骥不骤进而求服兮，凤亦不贪餧而妄食。君弃远而不察兮，虽愿忠其焉得？欲寂漠而绝端兮，窃不敢忘初之厚德。独悲愁其伤人兮，冯郁郁其何极！

大雁

【译文】

何时如俗人一样善于投机取巧，没有规矩乱行事！有好马不去骑，骑上劣马上路去。现在难道没有好马吗？其实是没有好车夫。看到车夫不是内行，所以扬蹄远远跑去。野鸭和大雁吞粱藻，凤凰高高地飞在天上。圈孔碰到方形木柄，我早知难

凤凰

以插入。所有的鸟都在枝头栖息，凤凰却没有地方安脚。我愿意闭嘴不言语，我曾受到君王的厚恩。姜太公九十岁方显荣，圣主贤臣遇合难。什么地方是骏马的归宿？什么地方才是凤凰的栖所？人心不古则世风日下，如今选才却看外表。骏马隐藏起来看不见，凤凰飞到天上不下来。鸟兽都知道感恩，怎么贤士纷纷离去？骏马不急求驾车，凤凰不馋嘴却贪吃喝。君王远弃不知

明察，虽然想效忠却怎能如愿？本想默默切断思念，却不敢忘记往日恩德。悲愁伤人，悲愤郁结到什么时候呢！

　　霜露惨凄而交下兮，心尚幸其弗济。霰雪雰糅其增加兮，乃知遭命之将至。愿徼幸而有待兮，泊莽莽与野草同死。愿自往而径游兮，路壅绝而不通。欲循道而平驱兮，又未知其所从。然中路而迷惑兮，自厌桉而学诵。性愚陋以褊浅兮，信未达乎从容。窃美申包胥之气盛兮，恐时世之不固。何时俗之工巧兮？灭规矩而改凿。独耿介而不随兮，愿慕先圣之遗教。处浊世而显荣兮，非余心之所乐。与其无义而有名兮，宁穷处而守高。食不媮而为饱兮，衣不苟而为温。窃慕诗人之遗风兮，愿托志乎素餐。蹇充倔而无端兮，泊莽莽而无垠。无衣裘以御冬兮，恐溘死不得见乎阳春。

　　霜露交加齐降多凄惨，心里依然希望其破坏不成功。雪却下个不停，才知灾难即将到。心存侥幸等待下去，怕和野草一样死去。希望一直向前进，道路却阻塞不通。想从大路驱车前去，又不知应该何去何从。然而半途中却迷路，自己逼迫自己学吟诗。生性愚昧才学浅，实在不能从容吟诵。时俗何时善于取巧，不以规矩改凿孔窍？我独自耿介而不随世俗，愿追慕先圣的遗教。身处浊世而显示荣耀，并不是我心之所乐。与其有虚名而无实义，情愿独处在这保持清高。吃饭为了饱，穿衣为温暖。心慕古代诗人的遗风，只愿吃素餐不食佳肴。衣衫褴褛边不镶，草木无边迷迷茫茫。没有皮袄来抵御寒冬，唯恐暴死难以见春光。

　　靓杪秋之遥夜兮，心缭悷而有哀。春秋逴逴而日高兮，然惆怅而自悲。四时遞来而卒岁兮，阴阳不可与俪偕。白日晼晚其将入兮，明月销铄而减毁。岁忽忽而遒尽兮，老冉冉而愈弛。心摇悦而日幸兮，然怊怅而无冀。中憯恻之凄怆兮，长太息而增欷。年洋洋以日往兮，老嵺廓而无处。事亹亹而觊进兮，蹇淹留而踌躇。

　　深秋的夜漫长寂寞，心里纠缠着悲哀。一年一年日日增高，独自悲伤感到惆怅。四季更替一年将近，阴阳不可同时升起。夕阳虽好却将入黄昏，明月残缺不是满月。一年匆匆即将过去，衰老渐至人渐渐衰损。心存侥幸意晃荡，然而惆怅失意无希望。心头凄怆惨痛，不禁抽咽叹息。岁月一天天逝去，天地空旷我无处自处。世事不停息我也想前进，原地踏步却不得进。

　　何氾滥之浮云兮？焱壅蔽此明月！忠昭昭而愿见兮，然霠曀而莫达。愿皓日之显行兮，云蒙蒙而蔽之。窃不自料而愿忠兮，或黕点而污之。尧舜之抗行兮，瞭冥冥而薄天。何险巇之嫉妒兮，被以不慈之伪名？彼日月之照明兮，尚黭黮而有瑕。何况一国之事兮，亦多端而胶加。

　　被荷裯之晏晏兮，然潢洋而不可带。既骄美而伐武

兮，负左右之耿介。憎愠恻之修美兮，好夫人之慷慨。众
蹀蹀而日进兮，美超远而逾迈。农夫辍耕而容与兮，恐田
野之芜秽。事绵绵而多私兮，窃悼后之危败。世雷同而炫
曜兮，何毁誉之昧昧！今修饰而窥镜兮，后尚可以窜藏。
愿寄言夫流星兮，羌倏忽而难当。卒壅蔽此浮云兮，下暗
漠而无光。

【译文】

　　为何乌云密布来势凶猛把明月遮蔽？忠心耿耿把一
切奉献，然而云蔽雾障却难以如愿！希望太阳照耀天空，
乌云却蒙蒙遮蔽天空。不顾自己身体投身自己志愿，有人
却用污言秽语去污蔑我。尧舜高尚有德行，直追苍天耀
眼明。小人的嫉妒多奸险呀，为什么使我背上不慈的假罪
名？用日月之光照明，尚且明中有阴影。何况一个国家的
国事，头绪纷繁理不清。

　　茸茸荷叶披身上，可是宽大不合适。既自矜其美，又炫
耀其武，依赖左右的妄臣。忠臣的美德遭到憎恶，夸夸其谈
讨别人欢喜。小人得到高升，正人君子日渐远离。农夫放弃
耕作闲在家中，恐怕田野要荒芜。丑事连绵不绝，暗自想政
权恐怕不稳。世人都眼花了，毁誉不分实在糊涂！现在要修
饰照人的镜子，然后才可保住性命。想把话带给天上流星，
忽然一眨眼就不见了。乌云已经遮住了天空，天下昏暗不见
光明。

【原文】

　　尧舜皆有所举任兮，故高枕而自适。谅无怨于天下
兮，心焉取此怵惕？乘骐骥之浏浏兮，驭安用夫强策？谅

城郭之不足恃兮，虽重介之何益？遭翼翼而无终兮，忳
惛惛而愁约。生天地之若过兮，功不成而无效。愿沉滞
而不见兮，尚欲布名乎天下。然潢洋而不遇兮，直怐愗而
自苦。莽洋洋而无极兮，忽翱翔之焉薄？国有骥而不知乘
兮，焉皇皇而更索？宁戚讴于车下兮，桓公闻而知之。无
伯乐之善相兮，今谁使乎誉之？罔流涕以聊虑兮，惟著意
而得之。纷纯纯之愿忠兮，妒被离而鄣之。愿赐不肖之躯
而别离兮，放游志乎云中。乘精气之抟抟兮，骛诸神之湛
湛。骖白霓之习习兮，历群灵之丰丰。左朱雀之茇茇兮，
右苍龙之躣躣。属雷师之阗阗兮，通飞廉之衙衙。前轻辌
之锵锵兮，后辎乘之从从。载云旗之委蛇兮，扈屯骑之
容容。计专专之不可化兮，愿遂推而为臧。赖皇天之厚德
兮，还及君之无恙。

【译文】

　　尧舜都能任用贤才，所以就高枕无忧了。自信没有
招怨于天下，又何必心虚发慌？骑着骏马到处游走，驭手
何必粗鞭抽？城郭非坚固不可摧，即使有几层甲胄也难
持久？胆小不敢前进是没前途的，忧闷穷困天天发愁。我
是人生的匆匆过客，功不成是无效的。情愿隐居躲在家
中，却又想天下流名。世世浩茫而不遇明君，简直是自讨
苦吃。大海茫茫没有极限，鸟儿应该飞向何处？国内有骏
马却不知道骑乘，为什么惶惶去求别的？宁戚在车下抒
发胸意，桓公听到才认识他。无伯乐善于相马，现在谁又
会识得骏马？别流泪抒怀了，有意把歌唱起来。只想一心
效忠，小人慌乱忙掩盖。不肖的身躯离开了，放任神情，

游于太空。乘上日月之精气，追逐群神瑞气融。驾起白虹耳边生风，穿过群星游荡于天宇。朱雀在左边飞翔，苍龙在右边奔跑。雷师把鼓擂响，风神来开道，前头轻车铃锵锵，后头的车轮隆隆轰鸣。车轮上的云旗如游龙，两边的奔马像飞龙。心志专一不可改变，只希望一心向善。于是托了皇天之德，来保佑君主平安。

【简析】

开篇文字几乎是全方位、多角度地展现了秋天寥落寒凉的凄清之景、万物萧条之象。所描绘的摇落之草木、气清之天空、收潦之清水、辞归之燕、无声之蝉、南游之雁、悲鸣之鸡、宵征之蟋蟀，等等，无不带有浓重的感伤气氛。而且在这萧瑟苍凉的秋日图景里，还有一位行进在薄寒之中的孤独游子，因失职而愤懑不平的潦倒贫士！真是秋景与悲情相交融、哀物与悴人相混同，构成了一个深宏清丽、意蕴无穷的艺术境界。

宋玉作《九辩》，是在他失职而离开国都之后，独自流浪在异乡之时。诗中抒写了他"羁旅而无友生""悲忧穷戚兮独处廓"的痛苦，表达了他"纷之愿忠兮，妒被离而鄣之"的愤慨，反映了他对黑暗现实的憎恶及对人民疾苦、国家命运的关切，展示了他"与其无义而有名兮，宁处穷而守高"的品格，这些都与屈原的精神相通。诗中大量袭用或者化用《离骚》的辞句，并且直接复述《离骚》的语义和模仿《离骚》的语气，表明他对屈原诗歌艺术的高度欣赏。

招魂

【释题】

对于《招魂》的作者及招魂的对象，有两种说法：一说是屈原自招而作，或屈原招楚怀王之魂；一说是宋玉招屈原之魂。王逸说："宋玉之所作也。""宋玉怜哀屈原忠而斥弃，愁懑山泽，魂魄放佚，厥命将落，故作《招魂》，欲以复其精神，延其年寿。外陈四方之恶，内崇楚国之美，以讽谏怀王，冀其觉悟而还之也。"对于这两种说法，学界都还存有颇多争议。本书依照司马迁在《史记·屈原列传》中的记载，兼之参照诗篇本身的内容，认为此篇应是屈原在任三间大夫期间所写的最后一篇作品，是屈原奉命为楚怀王招魂而作。

　　朕幼清以廉洁兮，身服义而未沫。主此盛德兮，牵于俗而芜秽。上无所考此盛德兮，长离殃而愁苦。帝告巫阳曰："有人在下，我欲辅之。魂魄离散，汝筮予之！"巫阳对曰："掌梦。上帝其难从。""若必筮予之，恐后之谢，不能复用巫阳焉。"

上无所考此盛德兮，长离殃而愁苦

【译文】

　　我自幼便清高廉洁啊，亲身履行道义，做事从来没有昏暗不明。我秉持着这样美好的德行啊，却为世俗所牵制，为污浊混乱的环境所埋没。上天不能明察我这种美好的德行，使我长期遭受灾祸而忧虑痛苦。天帝告诉巫阳说："人间有个杰出的人才，我想要帮助他。他的魂魄就要散去了，你用筮卜的方式使他还魂吧！"巫阳回答道："这件事由解梦官负责。我没有办法执行天帝你的命令。""你必须筮卜为他还魂，晚了魂魄就要消散了，那时巫阳你再用法术也无济于事了。"

【原文】

　　乃下招曰：魂兮归来！去君之恒干，何为四方些？舍君之乐处，而离彼不祥些！魂兮归来！东方不可以托些。

楚辞经典

一三七

长人千仞，惟魂是索些。十日代出，流金铄石些。彼皆习之，魂往必释些。归来兮！不可以托些。魂兮归来！南方不可以止些。雕题黑齿，得人肉以祀，以其骨为醢些。蝮蛇蓁蓁，封狐千里些。雄虺九首，往来倏忽，吞人以益其心些。归来兮！不可以久淫些。

长人千仞，惟魂是索些

【译文】

巫阳于是下到人间招魂说：灵魂啊，回来吧！你离开躯体到四方去游荡是为了什么？你舍弃你的乐土，反而去遭受那些凶险！灵魂啊，回来吧！东方不是你能够寄托的地方。那里的巨人族身高千仞，专门索取魂灵啊。十个太阳交替升起，即使是金属石块也都会被熔化啊。那里的东西对此已习以为常，但是灵魂到了那里却必然消散。回来吧！你不能寄托在那里。灵魂啊，回来吧！你不能够在南方停留啊。南方蛮夷国度的土著们在额头上描画花纹，把牙齿染黑，他们用人肉来进行祭祀，将人骨剁成酱。那里到处都是成群的蝮蛇，千里之内巨狐驰骋啊。巨大的蛇长有九个脑袋，来去如眨眼般迅速，靠吃人来补益身心。回来吧！不要在南方长时间逗留啊。

【原文】

魂兮归来！西方之害，流沙千里些。旋入雷渊，靡散而不可止些。幸而得脱，其外旷宇些。赤蚁若象，玄蜂若壶些。五谷不生，藂菅是食些。其土烂人，求水无所得些。彷徉无所倚，广大无所极些。归来兮！恐自遗贼些。魂兮归来！北方不可以止些。增冰峨峨，飞雪千里些。归来兮！不可以久些。魂兮归来！君无上天些。虎豹九关，啄害下人些。一夫九首，拔木九千些。豺狼从目，往来侁侁些。悬人以娭，投之深渊些。致命于帝，然后得瞑些。归来！往恐危身些。

【译文】

灵魂啊，回来吧！西方险恶，那里的流沙方圆千里啊。你卷入雷渊之中就会被碾成粉末，一刻也没法停留。你就是侥幸脱险，那也得面对外面那人迹罕至的荒野啊。那里有如大象一般庞大的红蚁，鼓腹与葫芦相仿的玄蜂啊。一切谷物在那里都不能生长，只有丛生的菅草能够作为食物啊。那里的地温会将人烧伤，想要寻找水源都寻找不到啊。彷徨游荡没有依靠，广阔荒原无边无际啊。回来吧！恐怕你会为自己招来祸患啊。灵魂啊，回来吧！你不能在北方停留啊。北方有高耸的冰山，弥漫千里的雪花纷飞不止啊。回来吧！不要在北方再耽搁了啊。灵魂啊，回来吧！不要登到天上去啊。天上有虎豹把守九座关口，吞噬下界的来

玄蜂若壶些

人啊。那里有长着九个脑袋的怪物，它一下就能拔掉九千棵树木啊。豺狼倒竖着眼睛，成群结队地往来不停歇啊。它们把人悬挂起来戏弄取乐，然后便将人投到深渊里去啊。它们向天帝复命完毕，之后你才会断气闭眼啊。回来吧！去了恐怕会危害自身啊。

一夫九首，拔木九千些

【原文】

魂兮归来！君无下此幽都些。土伯九约，其角觺觺些。敦脄血拇，逐人駓駓些。参目虎首，其身若牛些。此皆甘人，归来！恐自遗灾些。魂兮归来！入修门些。工祝招君，背行先些。秦篝齐缕，郑绵络些。招具该备，永啸呼些。魂兮归来！反故居些。

参目虎首

【译文】

灵魂啊，回来吧！不要下到阴曹地府去啊。土地神剑戟森森，长着锐利的头角啊。它有厚实的脊背，血淋淋的大拇指，追着人快速地奔跑啊。它那老虎一样的头上有三只眼，身体就像牛一样啊。这些东西都将人当作美味来食用，回来吧！再不回来恐怕要自受其害啊。灵魂啊，回来吧！快进入郢都的修门啊。巫祝在召唤你，他背向前方，倒退而行，来为你当导引啊。秦地的竹笼，齐地的丝线，郑国丝絮编缀的灵幡啊。招魂的器具样样齐备，长久地呼唤叫喊啊。灵魂啊，回来吧！回到你的故居啊。

【原文】

天地四方，多贼奸些。像设君室，静闲安些。高堂邃宇，槛层轩些。层台累榭，临高山些。网户朱缀，刻方连些。冬有突厦，夏室寒些。川谷径复，流潺湲些。光风转蕙，氾崇兰些。

【译文】

天地之间，四方之内，蕴藏着许多的危害与险恶啊。你的遗像摆放在内室，如此的宁静、闲适、安详啊。高大的堂室，深邃的房屋，轩廊上围绕着层层栏杆。层层高台，重重楼榭，面对着高山而建啊。漆成红色的镂花大门，刻有重叠相连的方形图案啊。冬天深邃高大的堂屋多么温暖，夏天的内室多么清凉怡人啊。山谷中溪流回环往复，发出动听的声音。晴朗的日子里，蕙草在风的吹拂下闪闪发光，一丛丛的兰花轻轻摇动啊。

【原文】

经堂入奥，朱尘筵些。砥室翠翘，挂曲琼些。翡翠珠被，烂齐光些。蒻阿拂壁，罗帱张些。纂组绮缟，结琦璜些。室中之观，多珍怪些。兰膏明烛，华容备些。二八侍宿，射递代些。九侯淑女，多迅众些。盛鬋不同制，实满宫些。

容态好比，顺弥代些。弱颜固植，謇其有意些。娭容修态，洏洞房些。蛾眉曼睩，目腾光些。靡颜腻理，遗视矊些。离榭修幕，侍君之闲些。

【译文】

经由厅堂进入屋子深处，里面有隔尘的红色竹席啊。翠鸟的羽毛装饰着平整的屋室，墙上挂着悬挂衣物的玉钩啊。翡翠珠宝镶嵌在衾被上，一齐散发着灿烂夺目的光辉啊。壁上铺着蒲席和细缯，绮罗的帐子就挂置在其间啊。各色丝带缀结着美玉、圆璧，束在帷帐上啊。内室中的陈设，多是奇珍异宝啊。兰草油脂做成的蜡烛，将富丽堂皇的景象映照得通彻明亮。十六位妙龄女子服侍起宿，每晚轮值更换啊。她们如同九侯献送的美女，容貌超群出众啊。她们的鬓发浓密美丽，发型制式各不相同，人数多得将宫室都充满啊。她们的容貌仪态美丽端庄，和顺可人天下无双啊。她们虽然外表柔弱娇媚，内心却坚贞不渝，流露出缠绵的情意啊。姣好的面容，美丽的姿态，将整个房屋充满啊。细长而美丽的眉宇下明眸转动，秋波流光闪动在顾盼之间啊。皮肤光滑，肌理细腻，目光久久凝视着远方啊。离宫别馆那修长的大幕，有美人服侍你度过悠闲的时光啊。

二八侍宿

楚辞经典

一三二

【原文】

　　翡帷翠帐，饰高堂<u>些</u>。红壁沙版，玄玉梁<u>些</u>。仰观刻桷，画龙蛇<u>些</u>。坐堂伏槛，临曲池<u>些</u>。芙蓉始发，杂芰荷<u>些</u>。紫茎屏风，文缘波<u>些</u>。文异豹饰，侍陂陁<u>些</u>。轩辌既低，步骑罗<u>些</u>。兰薄户树，琼木篱<u>些</u>。魂兮归来！何远为<u>些</u>？

【译文】

　　翡翠羽毛做成的帷帐，装饰在高大的厅堂上啊。红泥粉刷墙壁，丹砂涂饰隔版，屋梁上有黑色的美玉来镶嵌啊。抬头看那刻花的椽子，绘着腾空的飞龙与蟠曲的长蛇啊。坐在堂前倚靠着凭栏，目下正是弯弯曲曲的小池啊。池中的荷花才开始绽放，一些菱角夹杂在荷花之中。紫茎的水葵随风摇摆，它的纹理随着水波上下摇曳啊。侍从们穿着绘有奇异花纹的豹皮服饰，在山坡水岸高低不平处候立啊。轻便的轩车、卧车均已停好，步行与骑乘的随从排列在车辆两旁啊。丛生的兰花种植在门外，株株玉树围成篱障啊。灵魂啊，回来吧！为什么你要去那么远的地方啊？

【原文】

　　室家遂宗，食多方<u>些</u>。稻粢穱麦，挐黄粱<u>些</u>。大苦醎酸，辛甘行<u>些</u>。肥牛之腱，臑若芳<u>些</u>。和酸若苦，陈吴

兰薄户树

一三三

羹些。腼鳖炮羔，有柘浆些。鹄酸臇凫，煎鸿鸧些。露鸡臛蠵，厉而不爽些。粔籹蜜饵，有餦餭些。瑶浆蜜勺，实羽觞些。挫糟冻饮，酎清凉些。华酌既陈，有琼浆些。归来反故室，敬而无妨些。

　　家人与闾里宗族聚集到一起，饮食丰盛、种类多样啊。大米、小米和早熟的麦子，掺杂着香美的黄粱啊。大苦、咸、酸，加以甜、辣两种味道调和组成啊。肥牛的蹄筋，炖得熟烂，香味扑鼻啊。调和好酸味和苦味，摆上吴地风味的羹汤啊。烹煮甲鱼，烧烤羊羔，浇上新鲜的甘蔗糖浆啊。用酸的调料烹制天鹅，用少量的汁水烹制野鸭，用滚油煎炸大雁和鸧鹄啊。熏烤全鸡，焖煮龟羹，味道浓烈而不伤脾胃啊。油炸馓子，蜂蜜糕饼，还要加上一些麦芽糖啊。琼浆玉液与蜜制甜酒，将雕刻着羽纹的酒杯注满啊。从酒糟中榨出清澈的美酒再冰冻，饮起来甘醇清新又凉爽啊。华美的酒杯已经摆好，红色美玉般的佳酿盛在里面啊。你快归来吧，回到以前居住的地方，众人恭敬地对待你毫无违逆啊。

　　肴羞未通，女乐罗些。陈钟按鼓，造新歌些。《涉江》《采菱》，发《扬荷》些。美人既醉，朱颜酡些。娭光眇视，目曾波些。被文服纤，丽而不奇些。长发曼鬋，艳陆离些。二八齐容，起郑舞些。衽若交竿，抚案下些。竽瑟狂会，搷鸣鼓些。宫庭震惊，发《激楚》些。吴歈蔡讴，奏大吕些。士女杂坐，乱而不分些。放陈组缨，班其相纷些。郑卫妖玩，

衽若交竿，抚案下些

来杂陈些。《激楚》之结，独秀先些。

　　丰盛的美味还未上齐，歌女舞乐便又列队登场啊。撞起编钟击起鼓，把新制的歌曲演奏起来啊。唱完《涉江》唱《采菱》，更有《扬荷》一曲歌声扬啊。美人饮酒已经微醉，面色更加红润啊。俏皮的目光悄悄偷看，眼波频送眉目传情啊。身上穿着绣有斑斓花纹的绢素，艳丽华贵而又不显怪异啊。长长的黑发，光亮而下垂的鬓发，艳妆浓抹散发光彩。十六名舞者妆容一致分列两厢，跳起郑舞翩翩上场啊。舞动的衣襟飞起犹如竹竿相交，循依着节奏徐缓前行啊。吹竽鼓瑟的人气势猛烈地合奏，鼓面被击打得铿铿作响啊。宫殿庭院的人瞠目惊骇，只因演奏《激楚》的声音高亢凄清啊。吴国歌曲、蔡地歌谣和声共唱，弹奏大吕这一宏大的调式啊。男女纷杂交错混坐在一起，打破礼俗不分彼此啊。解开丝带、帽缨放在一旁，排列纷乱无法分辨啊。郑、卫两地艳丽的珍玩，纷至沓来排列堂上啊。《激楚》舞姬奇异的发髻，奇特秀美独领风骚啊。

　　菎蔽象棋，有六簙些。分曹并进，遒相迫些。成枭而牟，呼五白些。晋制犀比，费白日些。铿钟摇簴，揳梓瑟些。娱酒不废，沉日夜些。兰膏明烛，华镫错些。结撰至思，兰芳假些。人有所极，同心赋些。酎饮尽欢，乐先故些。魂兮归来！反故居些。

楚辞经典

　　竹制的蒐蔽和象牙棋子，还有博弈的六簿啊。两两对局、齐头并进，双方交手紧紧相逼啊。骁棋相争、势均力敌，呼叫五白求胜心急啊。晋地的犀角赌具聚集一处，耗尽白日光阴毫不在意啊。锵锵敲钟钟架摇摆，梓木琴瑟弹奏起来啊。饮酒娱乐不肯停歇，夜以继日沉溺其中啊。兰草油脂做成的明亮蜡烛，错镂花纹

蒐蔽象棋，有六簿些

的华丽灯具啊。构思写作穷思竭虑，以兰花芳馨借喻斯人啊。个人的能力终有极限，同心协力颂扬赞美啊。酣饮美酒尽情欢乐，娱乐祖先，宴请故旧啊。灵魂啊，回来吧！回到你的故居啊。

【原文】

　　乱曰：献岁发春兮，汩吾南征。菉蘋齐叶兮白芷生。路贯庐江兮左长薄。倚沼畦瀛兮遥望博。青骊结驷兮齐千乘，悬火延起兮玄颜烝。步及骤处兮诱骋先，抑骛若通兮引车右还。与王趋梦兮课后先。君王亲发兮惮青兕，朱明承夜兮时不可淹。皋兰被径兮斯路渐。湛湛江水兮上有枫，

揆梓瑟些

目极千里兮伤春心。魂兮归来哀江南！

【译文】

　　尾声：新的一年开始，春天到来啊，我匆匆忙忙向南方奔去。王刍、青萍的叶子刚刚长齐啊，白芷正在蓬勃

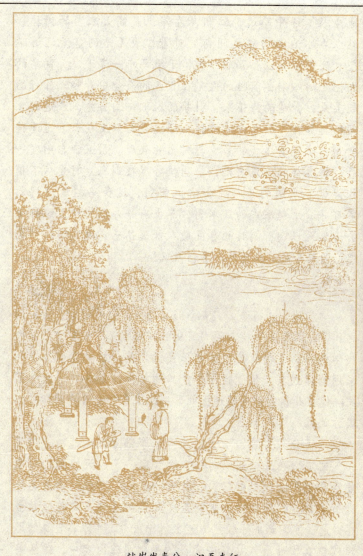

献岁发春兮，汩吾南征

地生长。途中路过庐江啊，左岸上是高大浓密的树林。站立在水池与田界之间啊，对着广袤无边的楚地远远眺望。黑色骏马以驷驾联结啊，千乘马车一齐进发，高举的火把光焰四射，蒸腾的火光在黑色的天空中升起。徐行的赶上来，奔跑的停下来，引导的人们一马当先，或进或止顺畅自如啊，引车向右掉转而还。我与君王在云梦追逐狩猎啊，比较着猎物的多少与狩猎的表现。君王亲自射发一箭，将贞祥的青兕杀死，黎明接替黑夜到来，时光从不稍作停歇。水边的兰草将小路掩盖啊，这条路被遮没得已不可寻。平稳深广的江水啊，岸上有一片枫树林，纵目望去千里无垠啊，满目的春色使人低落伤感。魂魄啊，归来吧，为如今的江南楚地而哀伤慨叹！

【简析】

梁启超称《招魂》"实全部《楚辞》中最酣恣、最深刻之作"，本篇采用招魂形式写成的招魂词，不但具有浓烈的文学色彩，还带有典型的楚地民间风俗。屈原在本篇中所采用的体式具有独创性，与楚辞的其他篇章具有很大的不同。他在此篇中借用楚地民间歌谣形式来抒发自身的情感，堪称独具一格。

本篇分为引言、正文、尾声三个部分，既清晰分明又一气呵成。在文中屈原对东、西、南、北、天、地的艰难危险和楚国故园里的起居、饮食、歌舞、游乐的惬意美好进行了对比，把他对前者的诅咒和后者的赞美完美地融合在一起，使其形成了强烈的艺术对比张力。屈原将自身的思想感情有机地融入在篇中大段的巫师叫魂内容中，浑然一体，具有很强的感染力。结尾部分，屈原又将自己对被招魂

君王亲发兮惮青兕

者的同情进行了升华，向世人表达出了他对国家民族前景的深切忧虑。屈原借用古代巫术招魂仪式的形式进行叙事，为世人呈现了一种极为独特的叙事艺术风格，其结构体式和用词特色对后来的汉赋产生了非常大的影响。

屈原著作年谱

老子

◆公元前343年（虎年）（取清代学者邹汉勋说），屈原出生于楚国秭归的巴族巫师家族，取名为正则（巴族没有自己的文字），因出生在虎年虎月虎日的吉日，被认为是天生应继承巫师之职，故又取法名灵均。屈原的远祖可追溯到太昊、少昊，"昊"即高高在上的太阳，亦即高阳，其后裔有巴人（今土家族）。屈原先祖伯庸，原为庸国国君，公元前611年被楚灭，其族迁徙到长江三峡秭归。

◆约在公元前325年，屈原18岁时离开故乡秭归，只身去郢都求学（孔子18岁去周都洛阳拜见老子，表明当时习俗年满18岁可以远游求学），以施展强国抱负。

◆公元前325年～前318年，屈原撰写《橘颂》等新楚辞体文章，以擅长《巴人歌》和精通巴楚巫术仪式闻名，得到楚怀王赏识，被赐楚国望族屈姓，起名原，字平。

◆公元前318年，楚怀王十一年，屈原25岁。是年楚怀王任合纵长，欲大展宏图，起用一批锐意改革图强、主张合纵抗秦的青年政治家，任命屈原为左徒。

◆公元前318年～前313年，屈原在左徒任内，主持楚国变法修宪，参与楚怀王任合纵长的联合抗秦活动，曾出使齐国，商议联合抗秦事宜。在此期间，楚国亲秦派贵族不断歧视、诋毁屈原，致使楚怀王逐渐疏远屈原，所任左徒之职亦变得有名无实；为此屈原撰写《惜诵》，试图重新获得怀王信任而未果。与此同时，屈原欲与楚国望族之女求婚的努力，因出身少数民族而屡屡受挫。

伪献地张仪欺楚

◆ 公元前313年，屈原30岁。是年张仪自秦赴楚，以割地为饵，劝楚怀王亲秦背齐，楚怀王信之，屈原坚决反对背齐亲秦。上官大夫等亲秦派贵族大臣寻机谗陷屈原，屈原被楚怀王罢左徒之职。此后，屈原一度自行南方（可能曾短暂回到秭归旧乡），撰写《思美人》嘲讽小人。由于此文，屈原进一步遭到打压，被流放到汉北；为此，屈原撰写《抽思》歌剧，以便能够在宫廷演唱，希望借此感动怀王。

◆ 公元前313年～前312年，屈原撰写《离骚》，此文震惊楚国朝野，并因此感化楚怀王，屈原被重新任命为三闾大夫。

莽赴会楚怀王陷秦

楚辞经典

屈原行吟图

◆ 公元前312年～前296年，屈原在任三闾大夫期间，主持楚国祭祀大典《九歌》（每年春秋各一次），修订《九歌》诸篇，新撰《国殇》，激励楚军士气。屈原在出任左徒、三闾大夫期间，周围曾聚集一批有政治抱负的文学青年，或许有宋玉、景差、唐勒等人。

◆ 公元前299年～前296年，楚怀王被骗至秦国遭扣押，滞留秦国三年而死。在此期间，屈原撰写《招魂》，主持为楚怀王招魂仪式。

◆ 公元前296年，楚顷襄王三年，屈原47岁。是年楚怀王客死秦国，屈原遭受小人排挤，他预感将进一步遭受迫害，对天命和传统知识体系产生疑问，撰写《天问》。令尹子兰借口《天问》大不敬天，向屈原发难，楚顷襄王放逐屈原到沅湘地区。

◆ 公元前296年～约前281年，屈原在放逐期间，创作《九章》中的《涉江》《怀沙》《惜往日》等诗篇。在此期间及以后，仍然应当有一些文学青年先后追随在屈原身边，屈原的著作得以传播和保存。

◆ 约在公元前283年或稍后一二年，屈原年满60岁以后，因年老而被允许回到郢都居住，但无官职。楚顷襄王十八年（前281），遣使于诸侯，复为合纵，欲以伐秦；次年（前280），秦将司马错攻楚，楚割汉北、上庸地给秦。

赛龙舟

在这种情况下，顷襄王没有理由再继续放逐主张抗秦的屈原。

◆ 公元前278年，秦国大将白起攻入楚国郢都，顷襄王等逃往陈（今河南淮阳）并迁都于陈，屈原再一次被顷襄王排斥在外，只能与民众逃往楚国东南方避难，定居在汨罗江畔。

◆ 同年，屈原作《哀郢》，哀悼故都。有学者认为：据《哀郢》中"惟郢路之辽远兮，江与夏之不可涉。忽若去不信兮，至今九年而不复"一段可知，郢都破日，屈原离开郢都已9年。

◆ 公元前277年，秦国再次攻打楚国，秦将白起再次攻破郢都。消息传来，屈原重返郢都的希望彻底破灭，于是作诗篇《怀沙》，再次抒发忠贞爱国的情怀和"受命不迁"的崇高志节，倾诉了郁积于心头的苦闷，然后投汨罗江而死。

◆ 关于屈原的生卒年月及作品创作年代，一直都多有论争，本书取清邵阳人邹汉勋考证的生年为其年表起点，此说以外，另有多种论点。如郭沫若认为屈原生于前340年，死于前278年秦军进逼长沙之际，其作《怀沙》，即取怀顾长沙之意，该论亦可备一说。

◆ 屈原的妻子和儿女、后裔情况不详。《通志·氏族略·以族为氏》屈南条称："本单姓，楚屈原之后，裔孙仕后魏，时重复姓，以自南来，乃加南字作屈南，或作屈男。"